*Für all die Frauen, die ich einmal geliebt habe.
In tiefer Dankbarkeit dafür, dass es mit uns
vorbei ist und ich heute da stehe, wo ich bin.*

- Salomon Pan

Herstellung und Verlag:
BoD - Books on Demand, Norderstedt
ISBN 978-3-7412-6335-4

Vorwort

Von: Sebastian Richtarsky

Ich lernte Salomon, oder Schlomo, wie wir Freunde ihn nennen, vor einigen Jahren auf einem Gig in der Heidelberger Altstadt kennen. Ich weiß noch, dass die Show in einem Studentenwohnheim stattfand und ziemlich beschissen war.

Jedenfalls sprach er mich nach meinem Auftritt an um mit mir über einen meiner Songs zu diskutieren. „Divina Commedia De´ll Arte". Eines meiner, ohne mich jetzt selbst all zu sehr selbst zu bauchpinseln, philosophisch anspruchsvollsten Werke, in dem es um den Tod des Prinzip des Narren geht. Eine Idee, wie ich im Nachhinein erfuhr, welche er für dieses Buch aufgegriffen und noch weiter Verarbeitet hat. Wir unterhielten uns an diesem Abend noch Stundenlang über dieses Prinzip und dessen Vorkommen in verschiedenen Mythologien und mystischen Systemen, wie dem Tarot. Irgendwann gingen wir dann beide unserer Wege.

Einige Monate vergingen, als ich eines Abends, (mehr aus Langeweile als aus Interesse, wie ich zugeben muss,) in seinen Audioblog „Ficken gegen Rassismus" rein hörte. Dort stieß ich auf einen Beitrag, in dem auch er noch einmal auf diesen Abend zu sprechen kam und die Umstände des Konzerts nutzte, um die Eigenarten der sogenannten „Generation Y" zu diskutieren. Und Recht hatte er.
Ich hingegen war angefixt und hörte mir auch die Restlichen seiner Beiträge an. Und was soll ich sagen: Salomon Pan ist nicht nur so etwas wie ein Jürgen Domian für Intellektuelle, sondern auch der Aleister Crowley unter den Pick-Up-Artists. (Auch wenn er sich nie als einer bezeichnen würde.) Er mixt gekonnt Disziplinen wie Verhaltensforschung, Religionswissenschaft, Psychologie, Mystizismus und verschiedene Kulturwissenschaften und webt

daraus einen Teppich, der die Welt und die Menschen in ihr genauer und prägnanter erklärt, als so ziemlich alles, was ich bisher zu diesem Thema gelesen habe. Und diese Erkenntnis ist es auch, welche ich jedem Leser und jeder Leserin dieses Buches mit auf den Weg geben möchte.

Das vor Ihnen liegende Buch ist weitaus mehr als nur eine unglückliche Liebesgeschichte. Es ist ein kleines, feines episches Drama mit Prinzipien in den Hauptrollen, welche wir alle kennen. Es ist eine Anti-Pick-Up-Bibel und eine Ansammlung religiöser Parabeln und Gleichnisse; Eine tiefenpsychologische Abhandlung und eine Anleitung zur Selbsttherapie; Ein witziger Blick auf den Zeitgeist und ein Einblick in Schlomos mythisch-magisches Glaubenssystem. Es ist alles auf einmal und noch so viel mehr. Je nachdem welche Lesart man wählt, wird man die Geschichte und die verschiedenen

Aussagen der Selbigen anders verstehen und deuten können.

„Vom ersten Blick zum letzten Kuss" ist eine Erzählung, die man in verschiedenen Abschnitten seines Lebens immer und immer wieder lesen kann, und die einem zum Dank immer eine Offenbarung schenken wird. Oder zumindest eine Erinnerung an etwas, das man vergessen hat.

In diesem Sinne: Viel Spaß beim lesen, träumen und entdecken!

Sebastian Richtarsky
(Autor, Musiker und Theologe)

Salomon Pan´s

Vom ersten Blick zum letzten Kuss

1
Präludium

Was ist der beste Punkt um mit einer Geschichte zu beginnen?

Nach einigem überlegen wie ich diese Geschichte starten sollte, fielen mir die Worte des Herz-Königs aus „Alice im Wunderland" ein. „Mache den Anfang mit dem Anfang und lies weiter bis du ans Ende kommst. Dort höre auf." An und für sich ist dies ein guter Grundsatz für einen Geschichtenerzähler. Beginne mit dem Anfang!
Aber welcher Anfang wäre wohl der beste? Wenn man so will ist jeder Tag, jede Stunde, jede Sekunde ein passender Anfang. Oder anders gesagt: Anfänge gibt es wie Sand am Meer. Wer hat die Körner gezählt? Egal! Auf jeden Fall sind es verdammt viele. Trotzdem sollte ich mich wohl für eines entscheiden.

Und auch wenn ich nicht als Logiker geboren wurde (ehrlich gesagt ist sogar das genaue Gegenteil der Fall) so sehe ich doch den logischsten Anfang bei dem Tag meiner Geburt. Denn dort fangen doch unsere persönlichen Geschichten an, oder nicht? Auch wenn Evolutionsforscher vielleicht sagen würden, dass unsere Geschichte mit der ersten Zellteilung begann, als der Grundstein des komplexen Lebens gelegt wurde; Auch wenn Psychologen vielleicht sagen würden, dass unsere Geschichte mit der ersten Speisung des kollektiven Unterbewusstseins begann, welches seit dem den Fortlauf des menschlichen Denkens und Handelns beeinflusst; Auch wenn Theologen sagen würden, dass unsere Geschichte mit den einfachen Worten „Fiat Lux" begann. Eben jene Worte, welche einst ein göttliches Wesen schrie, als es aus einem Fiebertraum erwachte; Und selbst die Verhaltensforscher würden vielleicht noch ein Veto einlegen und sagen, dass unsere Geschichte, wenn überhaupt, in einem Alter beginnen sollte, in dem wir in der Lage sind die ersten einfachen opportunen Handlungen durchzuführen. Uns unserer selbst bewusst werden. Uns selbst im Spiegel erkennen.

Das mag alles sein, aber dennoch ist und bleibt der logischste Anfang die Geburt. Der Moment in dem ein stoffliches, wahrnehmbares Wesen entsteht, dass, wenn auch anfangs passiv, doch direkt mit seiner Umwelt interagiert. Wenn ein abstraktes, fötales Wesen plötzlich sichtbar, riechbar, schmeckbar, fühlbar und vor allem hörbar ist. Grade von Letzterem können alle frisch gebackenen Eltern ein Liedchen singen. (Und zwar selten nur ein schönes.)

Also beginnen wir mit meiner Geburt, oder besser gesagt mit meiner jüngsten Inkarnation.

Die folgende Geschichte ist übrigens wahr.
Oder zumindest so wahr wie eine Geschichte
sein kann...

„Das Drama beginnt
gottverdammt erschreckend
Köpfe werden rollen
und Niemand kann sich retten."

„In Echt wahr, ist nur jetzt wahr.
In Geschichten wahr ist immer wahr!"
(- Lizzie Hexam)

2
Solomon Grundy, born on a Monday

Wobei es kein Montag war an dem ich geboren wurde, sondern ein Samstag. Genauer gesagt ein 11. Oktober. Aber mir gefällt die Analogie, denn genau so wie bei Solomon Grundy war mein eigenes Leben leider auch nicht das, was man weitläufig als lang bezeichnen würde.

Es war Charlies Geburtstag. Was gab es über Charlie zu sagen? Er war ein herzensguter Mensch, ein guter Freund, Mitte Vierzig, lebte in Scheidung und hatte seit einigen Monaten ein (vielleicht Liebes-) Verhältnis zu einer Frau die einer früheren Inkarnation von mir gehörte. Was in unserem gemeinsamen Freundes- und Bekanntenkreisschon für einige Lacher gesorgt hatte, da wir beide einen ähnlichen Sinn für den absurden Humor teilten, dem uns das Leben tagtäglich auslieferte. Die Art von Humor der sich um geistig Behinderte, Kinderprostitution und Diskriminierung aller Fasson dreht. Oder einfach die Art von Humor bei der man so oft lacht um nicht weinen zu müssen.

Schon Wochen im Voraus planten wir im Freundeskreis diesen Abend. Wir mieteten eine Bar an und legten sogar für eine Stripperin zusammen die um Mitternacht für Charlie tanzen sollte. Ein kleines Geschenk für ihn, der es zwar liebte von nackten Frauen berührt zu werden, (wer tut das nicht?) es aber auch genauso hasste im Mittelpunkt zu stehen, was hier leider nicht zu vermeiden war. Denn es sollte jedem klar sein, dass ein Geburtstagsstrip auf einer Party nicht im Geheimen, sondern im Zentrum eines Pulks von betrunkenen Männern und Frauen stattfindet. Zwischen Männern, die bei dem Anblick entblößter Titten ihre kognitiven Fähigkeiten gänzlich verlieren und zu sabbernden Hunden transformieren und

Frauen, die fast augenblicklich anfangen sich beim ersten Anblick der „promiskuitiven Schlampe" selbst mit dieser zu vergleichen und sich dann für den Rest des Abends in ungerechtfertigtem, infantilen Hass oder in eben so ungerechtfertigten und infantilen Minderwertigkeitsgefühlen flüchten. Alles in allem ist dies grade für Pärchen eine konfliktreiche aber durchaus witzige Konstellation. Eben einer jener Lebenswitze bei denen man lacht um nicht weinen zu müssen.

Die Party war friedlich und ausgelassen. Immerhin kannte Jeder Jeden, oder zumindest Jemanden der Jemanden kannte den man kannte. Man kam schnell ins Gespräch und, wenn man so wollte, eben so schnell wieder raus um sich noch eine Erfrischung von der Bar zu besorgen, sich auf dem stillen Örtchen zu erleichtern (was ganz oft korreliert) oder irgendeinem anderen Ziel nachzugehen auf das man sich in seiner gedanklichen

Sprunghaftigkeit kurzfristig fokussiert hatte.

Mein Ziel stand plötzlich einsam und verlassen an der Bar als ich mich mit einer wunderschönen, aber leider verheirateten Italienerin unterhielt. Wäre sie nicht verheiratet oder wenigstens ohne ihren Ehemann und die Kinder da gewesen, würde ich diese Geschichte jetzt wahrscheinlich gar nicht erzählen. Was sage ich..? Ich würde sie definitiv nicht erzählen!

3
Das Mädchen an der Bar

Sie fiel mir schon früher am Abend auf. Nicht nur weil sie sehr hübsch war, sondern vor allem, weil sie offensichtlich nicht zu den geladenen Gästen gehörte.

Sie sprach mit Amadeus. Einem jungen, charmanten Österreicher der ein... naja, sagen wir mal so, wenn man es klein nennen würde wäre es schwer untertrieben... Drogenproblem hatte. Nicht, dass ich falsch verstanden werde. Er ist keiner dieser abgewrackt aussehenden Junkies die man so oft an beliebigen deutschen Bahnhöfen beim schnorren antrifft und bei denen das Heroin schon durch die dünne Haut schimmernd sichtbar ist, sondern eine durchaus gepflegte Erscheinung. Immer lächelnd, immer offen, immer freundlich. Aber seien wir ehrlich: Was ist von Menschen zu halten, die dazu neigen sich direkt mit jedem

Gut zu stellen? Zeigt nicht jeder Erfahrungswert, dass grade diese Klientel von Personen die letzten sind, denen man so etwas wertvolles und zerbrechliches wie Vertrauen entgegenbringen sollte? Denn wie viel Loyalität kann man von jemanden Verlangen, der nicht einmal in der Lage ist *„Nein"* zur Versuchung zu sagen?

Ganz entfernt erinnerte sie mich an ein früheres Leben. (Vielleicht sogar an das erste?)
Ihre Gesichtszüge, ihr Lächeln, ihre tief braunen Augen umrahmt von langem dunklen Haar, ließen Bilder aus längst vergessenen Tagen vor meinem inneren Auge aufblitzen. Momentaufnahmen von einer Frau der ich einst ebenso gehörte wie sie mir gehörte. Die zarten Momente mit dem ersten Mädchen, dass vor so langer Zeit mit mir eine fremde Welt voller Zuneigung, Hingabe und Leidenschaft erkundete. Und ihr Körper (auch das soll nicht verschwiegen werden, denn ich

habe naturgemäß auch ein sinnliches Wesen) wirkte so frisch und zerbrechlich wie die ersten Früchte des Frühlings. Wie alt mochte sie sein? Nicht älter als zwanzig. Jede Wette.

Ich konnte nicht anders als sie anzusehen. Wie sie dort, nur fünf Meter von mir entfernt, mit einer halben Flasche Bier in der Hand, in die Leere blickte. Sie sah einsam aus und ich musste sie einfach abholen. Also beendete ich freundlich den kleinen, aber unter diesen Umständen wohl aussichtslosen, Flirt mit Mama Miracoli und machte meinen ersten Schritt auf sie zu.

4
Wie man Frauen anspricht

Die häufigste Frage chronischer Singlemänner und sicherlich auch Singlefrauen ist die Frage danach, wie man ein Gespräch mit dem angestrebten Vertreter des anderen Geschlechtes beginnt. Als Konsequenz aus dieser Frage gibt es ganze Bibliotheken, welche man mit Büchern zu diesem ersten Schritt in Sachen zwischenmenschlichem Verhaltens füllen könnte. (Wenn sie es nicht schon längst sind.) Zahllose Selbsthilfebücher die sich in der Grauzone zwischen Psychologie und Esoterik bewegen und permanent versuchen ihre Ideologien als das Nonplusultra anzupreisen verkaufen sich wie Titten mit Honiggeschmack und ich wette ein Steak mit Fritten, dass vierundachtzig Prozent der Therapeuten auf dieser Welt augenblicklich ihre Daseinsberechtigung verlieren würden, wenn eines dieser Bücher irgendwann einmal halten sollte was es verspricht.

Die Strategien reichen dabei von einfachsten Konstrukten wie: Lächeln, freundlich sein und die Frau reden lassen (und nie vergessen die Zähne zu putzen) bis hin zu ausgeklügelten Systemen, die ihre Leser und Leserinnen dank dem mittlerweile gut untersuchten Bereich der Verhaltensforschung sogar sekundengenau über den optimalen Standwinkel aufklären, in dem man zu seinem Gegenüber treten soll, um eine möglichst angenehme Atmosphäre zu schaffen.

Mehrere Selbsthilfegruppen treffen sich wöchentlich in den bedrückenden Gemeindesälen einer jeden Stadt und bieten den verbalen Austausch mit Leidensgenossen an, die dann trunken vor Selbstmitleid gefühlte zwölf Stunden darüber dozieren wieso sie es diesmal wieder nicht geschafft haben das hübsche Mädchen in der Straßenbahn, im Büro, in der Bar oder von mir aus auch im

Zirkus anzusprechen, während mindestens ein Dutzend anderer, schon lange in sich selbst verlorenen Seelen, ihnen mehr oder minder aufmerksam zuhören und nicht selten im direkten Vergleich feststellen, dass sie selbst gar nicht mal so schlimm dran sind wie sie noch zu Beginn des Abends dachten, als sie unter Tränen an ihre Exfrauen dachten und sich ausmalten um wie vieles größer wohl der Schwanz von dem Typen ist der sie jetzt fickt. Oder wahlweise auch stundenlang im Internet auf Singlebörsen surften in der vagen Hoffnung, dass es da draußen irgendwo eine einsame, schöne und vor allem ganz normale Dame gibt, die aus irgendeinem Grund in ihrem richtigen Leben niemals von einem Mann angesprochen wurde und sich deswegen nach langem Hadern auf Verzweifelt-dot-com einloggte um endlich ihren Traumbauern zu finden.

Wenn man eines mitnehmen kann aus solchen Veranstaltungen dann ist es die Erkenntnis, dass die Hölle bodenlos ist. Trotzdem können sich die Anbieter solcher Gruppen vor Zulauf kaum retten. Was, nur nebenbei erwähnt, ein erschreckendes Statement für eine Gesellschaft ist, die so von Angst und Selbstzweifeln zerfressen ist, dass sie nicht mehr in der Lage ist das natürlichste Ritual der Welt durchzuführen.

Auf kurz oder lang werden wir wohl aussterben weil wir den ersten Schritt zur Paarung nicht mehr bewältigen können. Und vielleicht sterben wir zu recht weil wir all die Jahre verleugnet haben, dass wir uns schon vor langer Zeit auf den verwinkelten Straßen in und außerhalb unserer Selbst verirrt haben, in einem Überangebot der Möglichkeiten, dass uns Zeit unseres Lebens vom Wesentlichen abgehalten hat. Was bringt es, wenn wir in der Lage sind Computer zu bauen die in der Lage sind wie Menschen zu agieren und es dabei selbst nicht mehr können?

Dabei ist es ganz einfach fremde Menschen

anzusprechen. Solange man dabei nicht aussieht wie ein Stück Scheiße im Rinnstein und sich artikuliert wie ein Möchtegernpimp aus Sachsen freuen sich die meisten Menschen sogar über neue Bekanntschaften. Trotzdem gibt es zwei, drei bewährte Tipps an denen man sich im Zweifelsfall orientieren kann:

Atme einmal tief durch um dich zu sammeln! Schließlich befindet man sich an einem Anfang. Das ist wie das Vorlesen eines neuen Satzes, da holt man auch nach jedem Punkt einmal Luft.

Sei Positiv! Scheiß Laune kriegen die meisten Menschen von alleine, da muss man von außen nichts dazu tragen.

Erwarte nichts! Mal davon abgesehen, dass Erwartungen an Andere nur all zu gern von diesen enttäuscht werden, sind Erwartungen auch immer der Nährboden in dem die

Hoffnung keimt. Und nur ein Mann ohne Hoffnung ist ein Mann ohne Furcht.

Und das Wichtigste von allem:

Vergiss all die „bewährten" Anmachsprüche die du je gehört hast! Jeder kennt sie schon und niemand will sie mehr hören. Sie sind nicht mehr als leere Floskeln. Stattdessen nutze die Situation um ein Gespräch zu starten. Steht eine attraktive Frau an der Bahnhaltestelle neben dir scheue dich nicht sie zu fragen, ob sie auch auf den Zug wartet und sitzt ein schönes Mädchen in der Bar am Nebentisch und spielt mit ihrem Smartphone erzähle ihr die Geschichte von dem Mädchen, dass eines Tages dem interessantesten Mann gegenüber saß den sie je kennen lernen wird, die Situation aber verpasste weil sie zu sehr mit ihrem Handy beschäftigt war.

Und so atmete ich einmal tief durch, stellte ich mich zu ihr, öffnete den Mund und fragte:

„Warum stehst du denn hier so mutterseelenallein herum?"

5
Ihr Name war irgendwas mit W

„Weil ich hier niemanden kenne." antwortete sie.

Ich stellte mich ihr vor und sagte, dass sie nun mich kenne und nicht mehr allein sein müsse, was sie umgehend mit einem süßen Lächeln quittierte.

Ihr Name war irgendwas mit W. Ich weiß, ich hätte ihn mir merken sollen, aber leider habe ich ein unglaublich schlechtes Namensgedächtnis. So sollte es noch einen Tag dauern, bis ich mir ihren Namen merkte. Da sie mit einem schwachen aber doch hörbaren osteuropäischen Akzent sprach, fragte ich sie ob sie Russin sei.

„Nein. Georgierin." Antwortete sie knapp und fuhr mit einem verunsicherten „Hört man das etwa?" fort.

„Ja. Aber das ist nicht schlimm. Ich zum

Beispiel komme aus dem Ruhrgebiet, da sprechen alle nur gebrochenes Deutsch."
Sie lachte ein wunderschönes Lachen und wir waren im Gespräch.

Es dauerte nicht lange und ich erfuhr, dass sie im ersten Semester studierte und bei Amadeus im Wohnheim lebte, der sie auch spontan eingeladen hatte auf die Party zu kommen. Eigentlich mochte sie keine Partys, da sie sich auf diesen langweilte, aber sie hatte nichts besseres vor. Ich verstand das voll und ganz und sagte ihr, dass es mir genau so ginge. Zumindest wenn ich vor Ort nichts zu tun hätte.

Es ist ein seltenes Erlebnis jemanden kennen zu lernen, dem es in dieser Hinsicht so ging wie mir. Immerhin sollten Partys ja etwas sein, dass Freude verbreitet und Spaß macht. Aber ehrlich gesagt waren die meisten Partys für mich nichts anderes als eine obskure Mischung aus einer Freakshow und einer

Tierdokumentation von Heinz Sielmann.:

Wenn sie jetzt ihre Augen nach links richten sehen sie den besoffensten Mann der Welt. Beachten sie den unsicheren, wankenden Gang und die zittrige rechte Hand die krampfhaft versucht das halb volle Bierglas fest zu halten. Um ihn versammelt sehen sie, wie im Bierreich üblich, eine Herde ebenso besoffener Männchen, welche sich ihrem Alpha unbewusst aber konsequent unterordnen, da dieser wohl den Längsten unter den Kurzen hat. Diese Art der Männerherden erkennt selbst der ungeschulte Forscher an den einheitlichen Kurzhaarschnitten, den karierten Hemden und dem bierseeligen Versagergrinsen, welches sie sich teilen.

Gehen wir nun mit der Kamera etwas näher an sie heran und versuchen ihrer primitiven Form der Sprache zu lauschen. Da diese possierliche Art sich schnell bedroht fühlt und in der Gruppe sehr aggressiv reagieren kann, müssen wir dabei natürlich vorsichtig sein und dürfen keine überhasteten Bewegungen machen.

Hören sie nun bitte genau hin, wie das Alphamännchen versucht mit seinen wenigen, noch nicht im Alkohol ersoffenen, Sprachrezeptoren ganze Sätze zu bilden. Natürlich sind diese Sätze bar jedes inhaltlichen Sinnes wie wir es verstehen würden, aber sie reichen, wie man sieht, um die kleine Gefolgschaft von Betas köstlich zu unterhalten. Und sehen sie wie diese ihren Anführer anschauen. So voller Ehrfurcht. Was wahrscheinlich daran liegt, dass sie selbst nicht mehr in der Lage sind dieses Gequäke als sinnlose Hirnwichse zu identifizieren – Die Forschung ist sich, was die genauen Umstände dieses Verhaltens angeht, nicht ganz einig.
Beachten sie bitte auch genau die Wortwahl des Alphas. Die horrende Anzahl an gelallten Kraftausdrücken die er, wie es scheint, fast

mühelos in seine Ansprachen fließen lässt.

Doch was ist das? Sehen sie nur. Eine kleine Herde Weibchen sammelt sich ebenfalls am Feuerwasserloch um ihren Durst zu stillen. Beachten sie wie ähnlich und doch unterschiedlich sich diese Gruppe im Vergleich zur Männerherde verhält.
Ganz offensichtlich ist der genaue Rang innerhalb der Gruppe unter diese Wesen nicht so eindeutig Gegliedert wie es bei ihren männlichen Artgenossen der Fall ist. Sowohl die Körpersprache als auch die Wortwahl der Weibchen zeugen von diesem Umstand. Im ihrem Multilog (Bei einem Dialog reden zwei, hier scheinen alle durcheinander zu reden) untereinander sind stets eindeutige Spitzen zu erkennen, welche vermuten lassen, dass sich jedes dieser Weibchen gerne als Alpha profilieren würde, es aber keine schafft sich gegen das wohl angeborene egozentrische Verhalten ihrer Artgenossinnen durchzusetzen. Hierin sehen wir einen der

wohl krassesten Gegensätze unter homogenen Männer- und Frauenherden. Denn während sich das Alpha in der Männerherde durch hauptsächlich äußere Merkmale zu erkennen gibt, scheinen äußerliche Attribute wie die Größe der Brüste oder die Fülle der Lippen bei den Weibchen das Ansehen untereinander eher zu schmälern.

Und sehen sie nur, das Weibchen ganz links in der Gruppe. Ja sehen sie wie sie zwar oberflächlich gelangweilt aussieht, aber zugleich beginnt rhythmisch die Hüften zu bewegen. Ja liebe Tierfreunde, dieses Weibchen signalisiert ganz offensichtlich Paarungsbereitschaft. Was wohl auch die anderen Herdenmitglieder (Oder sagt man heutzutage genderkorrekt Mitfotzen?) bemerkt haben, wie man an der abfälligen Mimik ihrer Gesichter erkennen kann.

Von nun an ist es nur noch eine Frage der Zeit bis... ja...ja. Sehen Sie nur! Sehen Sie! Die

Männerherde ist auf den Balztanz des Weibchens aufmerksam geworden. Sehen sie wie alle Augen sich auf den trockenen Hüftschwung des Weibchens konzentrieren. Ich kann Ihnen versichern, das Folgende von dem wir jetzt Zeuge werden ist eines der faszinierendsten Schauspiele in der Natur.

Beachten sie wie das Alphamännchen sich aufbäumt und in einem Zug sein Bierglas leert, während die Betas seinen Rücken abklopfen und ihn anstacheln die Nähe des rolligen Weibchens aufzusuchen. Doch was ist das? Der Alpha zögert. Die schiere Menge an Weibchen scheint ihn einzuschüchtern. Wir Biologen vermuten, dass es die Anzahl der Weibchen ist, die das optische Empfinden des Männchens betrügen, indem sie durch ihre Anzahl und den zusammengedrängten Stand eine Verwechslungsgefahr mit einem größeren Fressfeind bieten. Ein Ähnliches Verhalten ist in der Meeresbiologie von Haien und Fischschwärmen bekannt.

Jetzt könnte das Balzritual schon vorbei sein, aber Nein!!! Sehen sie doch nur wie putzig das ist. Eines der Betas bietet dem Alphamännchen einen Schnaps an um ihn unempfindlich zu machen, während die anderen Betamännchen in der Gruppe ihn weiter anstacheln indem sie immer wieder mit ihren Händen auf das paarungswillige Weibchen deuten. Ein primitives Verhalten, dass man auch bei Soldaten beobachten kann, kurz bevor sie an die Front geschickt werden.

Nun scheint das Alphamännchen neuen Mut gefasst zu haben und geht auf die Östrogenherde zu. Dabei versucht er krampfhaft seinen schwankenden Gang zu verbergen um durch, ganz offensichtlich gespielte, Sicherheit seinen Alphastatus direkt zu signalisieren. Und gleich... Gleich kommt es zum Erstkontakt. Da! Tatsächlich! Das Alphamännchen hat das paarungswillige Weibchen erreicht und versucht sie in ein Gespräch zu verwickeln. Doch was ist das? Die anderen Weibchen drängeln sich dazwischen. Ihre Gesichter zeigen klare Anzeichen der Aggressivität. Sie schubsen das Männchen davon!

Dies, liebe Zuschauer, ist ein Verhalten, welches man sehr oft beobachten kann. Die wissenschaftlichen Lager sind sich bei einer genauen Erklärung uneins und schwanken zwischen zwei Ansätzen: Während die Biologen sagen, dass die anderen Weibchen das Männchen nicht als Alpha anerkennen und ihre Artgenossin schützen wollen, gehen Verhaltensforscher davon aus, dass die übrigen Weibchen ihrer paarungswilligen Artgenossin, aufgrund der Tatsache, dass das Männchen sie auswählte, unterbewusst einen Alphastatus unterstellen den sie ihr neiden. Doch Egal welche Disziplin näher an der Wahrheit liegt: Für das Männchen ist das Spiel aus.

Werden sie nun Zeuge wie das Männchen zurück zu seinen Artgenossen schleicht und dabei die schmalen Schultern hängen lässt. Aber beachten sie auch das Verhalten der Betamännchen, wie sie ihn erneut in der Herde begrüßen und mit der erneuten Zuführung von Alkohol und Rückenklopfen seinen Mut zelebrieren überhaupt einen Schritt auf das andere Geschlecht gewagt zu haben...

6
Man lernt sich kennen

Als sich nach einigen Minuten eine erste Gesprächspause einstellte, fragte ich sie ob sie Lust hätte mit mir auf die Terrasse zu gehen um eine zu Rauchen. Sie hatte.

Auf dem Weg aus der Bar ins Freie schossen mir unwillkürlich die Worte eines Komikers in den Kopf, den ich vor einigen Monaten mal im Fernsehen sah: *„Die meisten Beziehungen beginnen wie eine Entführung. Erst wird die Frau sozial isoliert und dann wartet man bis das Stockholm-Syndrom einsetzt."*

Es klingt witzig, aber irgendwie hatte er schon recht. Ich entführte sie jetzt jedenfalls nach Draußen, weg von der Party, in die ruhigste Ecke die ich auf dem überfüllten Kneipengelände finden konnte.

Die meisten Kenneinlerngespräche basieren

fast zwangsläufig auf zaghaft gestellte W-Fragen: *Wie heißt du?; Wo kommst du her?; Was machst du?; Warum bist du hier?...* und so weiter und so fort. Allerdings schienen wir beide einen direkten Draht zueinander zu haben und so beantworteten sich die meisten Fragen aus den Themengebieten die wir innig besprachen. Ich lernte wieso sie so gut deutsch sprach, indem sie mir erzählte, dass ihr Vater die Schriften vieler bedeutender deutscher Denker in ihre Muttersprache übersetzt hatte und dies auch ihre Liebe zur Lyrik geweckt hatte. Ich lernte, dass sie nicht nur schön sondern auch intelligent war, als wir begannen uns unsere Lieblingsgedichte vorzutragen und über Rilke, Goethe, Poe und Tolkien diskutierten. Und ich erfuhr, dass sie vor sechs Monaten nach Deutschland kam um hier deutsche Lyrik zu studieren.

Es war als würden wir gleichzeitig auf einer Bank vor einer Bar in einer deutschen Großstadt sitzen und völlig allein in einem Heißluftballon, isoliert von allem anderen, eine

Reise durch unsere Gedanken unternehmen. Erste Station: Literatur; Zweite Station: Musik; Bitte anschnallen, es geht weiter zur Religion mit einem kleinen Abstecher über die Psychologie.

Wir redeten über Alles und Jeden. Kamen von Böckchen auf Stöckchen, hypnotisierten uns gegenseitig und verloren uns gänzlich im Dialog. Stunden verflogen wie Sekunden und irgendwann blickte ich von ihr auf und bemerkte, dass selbst der Auftritt der Stripperin komplett an mir vorbei gegangen war.
Aus irgendeinem Grund war es plötzlich zwanzig nach drei Uhr Morgens und wir hatten uns bereits seit vier Stunden miteinander unterhalten, während um uns Herum eine Schar von Partygästen immer betrunkener und ausgelassener feierte.

Wir nutzen dieses Erwachen um die wenigen Biere weg zu bringen die wir im Laufe des

Abends getrunken hatten. Auf dem Klo traf ich auf Amadeus. Da ich davon ausging, dass sie mit ihm zur Party kam, fragte ich ihn ob ich ihm an diesem Abend einen Plan vermasselte und ob es für ihn in Ordnung sei wenn ich das Spiel beginne. Er brauchte erst eine Weile um zu verstehen was ich meinte, aber dann lächelte er mich mit seinem patentierten wir-sind-doch-Freunde-Grinsen an und sagte, dass es für ihn völlig Okay sei, wenn ich mein Glück versuche.

Auf dem Weg zurück zur Terrasse holte ich mir an der Bar noch eine Flasche. Sie setzte sich augenblicklich wieder zu mir. Wir teilten uns das letzte Bier und versanken erneut im tiefen Rapport. Als wir diesmal wieder zu uns kamen war es fünf Uhr in der Früh und wir beschlossen, dass es langsam Zeit wäre sich Richtung heimatlichen Bettes zu begeben. Wir verabredeten uns noch für den nächsten Tag, suchten unsere Habseligkeiten zusammen und verließen das Geschehen.

Da ihr Studentenwohnheim auf meinem Weg lag brachte ich sie nach Hause. Bei ihr angekommen sah sie mich mit einem unglaublich süßen Blick an der fragte: „Was machen wir jetzt?" Ich öffnete meine Arme etwas und flüsterte ein leises „Komm her!" Wir umarmten uns innig und ich schickte sie ins Bett.

Die nächsten dreißig Minuten Fußmarsch durch die herbstliche Kälte verbrachte ich in Erinnerung an einen wunderschönen Abend und dankte den Göttern für diese Begegnung, welche sie mir heute geschenkt hatten.

7
Warten auf den Abend

Wir hatten uns für Achtzehn Uhr verabredet.
Nur ist es leider so, dass die Wartezeit oft die härteste Zeit ist und bei mir ist das nicht anders. Obwohl ich auf Grund des Langen Abends zuvor entgegen meiner Gewohnheit nicht in den frühen Morgenstunden, sondern erst gegen Mittag erwachte, hatte ich immer noch sechs Stunden zu überbrücken bis ich die Chance bekam herauszufinden wie sich diese Geschichte, die erst vor wenigen Stunden so vielversprechend begonnen hatte, wohl weiter entwickeln würde.
Während ich versuchte mein übliches Tagwerk zu erfüllen drifteten meine Gedanken immer wieder zurück zu den Ereignissen der letzten Nacht. Zurück zu braunen Augen die mich in ihren Bann zogen, einem osteuropäisch kolorierten Sprachfluss der mich hypnotisierte

und einem zarten Körper der sich für eine kurze Ewigkeit an meinen schmiegte.

Zeit ist leider eine sehr variable Sache. Manchmal scheinen Jahre nur Stunden und Tage nur Sekunden zu dauern, und manchmal, so wie an diesem Tag, zieht sie sich wie ein Stau auf der A5 zwischen Frankfurt und Darmstadt. Trotzdem zeigte die Uhr auf einmal Fünf an und die Bigband der Vorfreude die in meinem Bauch spielte bekam noch eine Geigerin namens Nervosität hinzu. Zunächst strich sie ihr Instrument nur Leise im Hintergrund, kaum hörbar zwischen den swingenden Bässen und den hämmernden Drums, aber dann erschlich sie sich ganz unverschämt einen Weg zu einem eigenen Solo. Die Zeit, dieses verfluchte Dreckstück, dass sich den ganzen Tag keinen Millimeter bewegt hatte, schien mir auf einmal knapp zu werden und Georg Friedrich Händel lieferte den passenden Soundtrack dazu.

Da die Nervosität der natürliche Feind des Mannes im Umgang mit dem anderen Geschlecht ist, beschloss ich noch schnell für einige Minuten in Meditation zu gehen bevor ich mich auf den Weg machen sollte. Ich legte das Musikstück ein auf das ich meinen meditativen Zustand geankert hatte, legte meinen Arsch auf meinen bewährte Ruheplatz ab und versank im Nichts.

...

Als die Musik zehn Minuten später stoppte kam ich augenblicklich wieder zu mir und fühlte mich um einiges Entspannter. Die Geigerin war zwar noch da, fiedelte aber wieder im Hintergrund zur Harmonie der Band. Ich zog mir eine frische Hose an, schmiss mich in meine Jacke und steckte noch Adams &

Evas Tagebuch von Mark Twain ein, eine wunderbare satirische Betrachtung der biblischen Paradiesgeschichte über die wir uns am Abend zuvor unterhalten haben und die sie noch nicht kannte. Dann verließ ich das Haus.

8
Dreißig Minuten Fußweg

Ich beschloss zu Fuß zu ihr zu gehen. Die frische Luft würde mir gut tun und mir helfen mich noch weiter zu entspannen. Und tatsächlich wurde die Geige bald von einer Stratocaster abgelöst die meinen inneren Konzertsaal mit verheißungsvollen Rock n´Roll Riffs erfüllte. Auf meinem Weg versuchte ich an nichts zu denken und stattdessen den Heidelberger Herbst zu genießen. Es war Sonntagabend und das Tageslicht dämmerte langsam in den Schlaf. Die Straßen waren so ruhig, dass man das Laub über den Gehweg streichen hören konnte und der auffrischende Wind flüsterte mir dazu die Erlebnisse seines Tages ins Ohr, bis er am Bergfriedhof von dem penetranten Geschnatter der Papageien die dort Lebten übertönt wurde.

Kurz bevor ich das Wohnheim erreichte traf ich

meine Mitbewohnerin Marcy auf der Straße. Eben jene Marcy war es, die momentan ein Verhältnis mit Charlie hatte und zuvor auch mit einer früheren Inkarnation meiner selbst.

„Wo gehst du hin?" wollte sie wissen.
Ich sagte ihr, dass ich mich mit dem Mädchen vom Vortag verabredet hatte und sie jetzt abholen wolle.
„Viel Glück." erwiderte sie. „Und wenn ihr hungrig seid, geht noch in die Bar. Es ist noch viel zu Essen von Gestern da."

9
160 oder 116?

„Hol mich um sechs Uhr ab. Ich wohne in Zimmer Hundertsechszig." sagte sie am Abend zuvor. Es war das erste mal, dass ich dieses Studentenwohnheim von innen sah und ich war aufrichtig Überrascht wie zusammengepfercht deutsche Studenten in solchen Heimen leben müssen. Das Gebäude war ein ehemaliges Krankenhaus, erinnerte mich aber eher an ein nicht-ehemaliges Gefängnis. Grau in Grau erstreckte sich vor mir ein Labyrinth aus Gängen und Fluren die von unzähligen Türen flankiert wurden. Aus manchen Zellen hörte man Musik, aus anderen das Rascheln von Papier und aus manchen sogar leises Schluchzen. Die Flure selbst waren wie ausgestorben. Ich brauchte fast zehn Minuten um das Zimmer mit der Nummer *160* zu finden, atmete noch einmal tief durch und klopfte an die Tür.

Keine Reaktion.

Ich klopfte erneut, aber wieder tat sich nichts. *„Vielleicht hat sie mich vergessen"*, dachte ich bei mir und zückte eine Visitenkarte aus der Tasche, die ich an der Tür hinterließ.

Auf dem Weg hinaus aus diesem Irrgarten kam mir ein flüchtiger Gedanke: *„Was ist, wenn sie nicht Hundertsechszig, sondern Hundertsechszehn meinte? Die Zahlen klingen fast gleich und sie wäre nicht die erste Ausländerin die ein Problem damit hätte längere Zahlen korrekt auf Deutsch auszusprechen."* Die Chancen standen für mich bei fifty-fifty also machte ich mich auf die Suche nach der Eins-Eins-Sechs. Diesmal dauerte es nur zwei Minuten bis ich den Flügel gefunden hatte in dem sich das Zimmer befand. Ich klopfte an die Tür und hörte hinter ihr etwas rascheln.

Völlig verschlafen, inklusive eines echten Schlafzimmer-blickes, stand sie vor mir und fragte nur wie Spät es sei.

„Sechs Uhr!" antwortete ich.

„Schon? Dann hab ich ja den ganzen Tag verschlafen."

Sie bat mich hinein und setzte sich im Schneidersitz auf ihr Bett. (Diese Wohnheimzimmer sahen von Innen übrigens genau so trostlos aus wie von Außen.)

„Was machen wir heute?" fragte sie leise und noch immer nicht ganz wach.

„Keine Ahnung." antwortete ich. „Sehe ich etwa aus wie jemand der Pläne macht?"

„Nein." sagte sie und grinste dabei.

„Worauf hättest du denn Lust?" fragte ich, ihr Grinsen erwidernd.

„Ich weiß nicht." murmelte sie. „Ich hab Hunger."

10
Das erste gemeinsame und geschnorrte Essen

Ich wartete unten am Hauptportal auf sie, während sie sich anzog und ausgehfertig machte. Dann gingen wir fünfzig Meter weiter in die Bar. Als wir den Schankraum betraten waren die Aufräumarbeiten in vollem Gange. Charlies Mutter räumte grade das Buffet ab, während Beata, die nicht nur die Barkeeperin sondern auch die beste Freundin Charlies war, hinter dem Tresen mit dem Geschirr beschäftigt war.

Die Begrüßung war herzlich, schließlich war ich Stammgast. Und so war es auch kein Problem, dass ich mich hinter die Bar stellte um meinem hungrigen Mädchen einen Teller Chili con Carne zuzubereiten, während eben diese sich draußen schon mal einen Tisch aussuchte.

„Aber wenn du hier isst, musst du auch mit aufräumen. Klar? Hier gibt's nichts umsonst!" herrschte Beata mich vom Geschirrspüler aus augenzwinkernd an.

Sie war ein echtes Polenmädchen. Neunundzwanzig, auf jeden Fall sehr hübsch, aber auch Laut und mit einem ungesunden Hang zum Feiern. Sicherlich war sie nicht die hellste Kerze auf dem Kuchen aber sie trug ihr Herz auf der Zunge und das mochte ich an ihr.

„Klar doch. Für dich immer." antwortete ich und meinte es ehrlich.
„Gut. Aber jetzt geh erst mal raus zu deiner Freundin. Wie heißt sie eigentlich?"
„Ganz ehrlich? Ich hab keine Ahnung."
„Du Arsch!" prustete Beata lachend raus.

Obwohl sie schon neunundzwanzig war, trug sie immer noch eine Zahnspange auf der unteren Zahnreihe, die jedes mal aufblitzte wenn sie lachte. Dies in Verbindung mit den Lachfältchen in ihren Augenwinkeln und den Grübchen auf den Wangen sah so putzig aus, dass man sie am liebsten sofort abknutschen und in die Tasche stecken wollte. Es war also kein Wunder, dass sie an jeder Hand zehn Männer hatte, die ihr hinterherhecheln. Aber aus irgendeinem Grund, der mir verborgen war, ließ sie seit Jahren keinen Mann mehr näher an sich heran.

„Was soll ich machen? Ich habe ein Namensgedächtnis so löchrig wie ein deutscher Soldat vor den Toren Stalingrads. Kannst du sie nachher nicht beiläufig Fragen und dann weiß ich es auch?"
Sie grinste immer noch.
„Ja kann ich machen. Und jetzt ab mit dir. Ich ruf dich dann, wenn ich dich brauche."

Da man sich mit Beata nicht anlegen sollte wenn einem seine Nerven und vor allem seine Trommelfelle wichtig waren, schnappte ich mir den aufgewärmten Teller, ein Glas und eine Flasche Orangensaft und brachte alles raus zu meinem persönlichen Gast. Ich tat so als wäre ich ein französischer Kellner in einem noblen Restaurant. Servierte ihr das Chili und schenkte ihr von dem O-Saft ein als wäre es ein edler Wein. Sie bedankte sich mit lautem Lachen bei jeder Pointe und begann sichtlich erfreut zu essen als alles fertig angerichtet war.

Ich setzte mich ihr gegenüber.
„Sag mal," fragte ich, „Ist es in Georgien okay wenn man sich beim Essen ansieht?"
„Ja! Wieso fragst du?" sagte sie verwundert.
„Naja," antwortete ich, „vor ungefähr einem halben Jahr hatten wir eine Besucherin aus Spanien im Haus die mich gefragt hat, ob ich bereit wäre mit ihr die Touristenrunde durch die Stadt zu drehen. Da ich an diesem Tag wirklich nichts besseres vor hatte sagte ich zu. Ich zeigte ihr den Bergfriedhof, das Schloss und natürlich den Heiligenberg. Am frühen

Nachmittag aßen wir zusammen im Biergarten der Mensa und während ich mich ganz normal mit ihr unterhielt sagte sie mir, dass es in Spanien wohl nicht üblich sei, sich beim Essen direkt ins Gesicht zu gucken.

Das war übrigens kurz nach einer wahnsinnig witzigen Situation. Wie du dir vielleicht schon gedacht hast, haben wir beide uns auf Englisch unterhalten. Und während wir da saßen und redeten saßen sich zwei junge Studentinnen neben uns an den Tisch, von denen eine irgendwann auf Deutsch anfing minuziös zu erzählen, wie sie seit Jahren ihren Freund betrügt und wie sehr sie ihn dafür verachtet, dass er es nicht merkt. Nach circa fünf Minuten drehte ich meinen Kopf zu den beiden und sagte: Euch ist schon klar, dass ich euch verstehen kann, oder?"

Kaum habe ich es ausgesprochen lachte das Mädchen, dessen Name irgendwas mit W war, so los, dass sie sich beinahe an ihrem Chili verschluckte. Definitiv Humorkompatibel.

Kaum hatte sie sich wieder eingekriegt, kam Beata zu uns an den Tisch um eine zu rauchen.

„Was ist los? Schmeckt dir mein Essen nicht?" fragte sie das Mädchen mit W in ihrem typischen Tonfall, der sich oft undefinierbar irgendwo zwischen Schelte und Witz bewegte. Kaum hatte sie den Satz ausgesprochen zeigte sie wieder ihr schelmisches Lächeln (Diesmal war es witzig gemeint) und fuhr ohne eine Antwort zu erwarten einfach fort. „Wie heißt du eigentlich?"

„Wina." antwortete das Mädchen dessen Name irgendwas mit W war.

Ich hingegen sagte mir den Namen, den ich mir jetzt unbedingt merken sollte, in meinem Kopf immer wieder auf. *Wina. Ihr Name war Wina.*

11
Oneironautie und andere Methoden um die Wahrnehmung zu verändern

Es dauerte nicht lange, bis die Aufräumarbeiten abgeschlossen waren und Beata Feierabend machen wollte.
„Wollt ihr zwei noch bleiben?" fragte sie an mich gerichtet. „Dann lass ich dir den Schlüssel da und du machst nachher zu."

Ich blickte zu meiner Begleiterin. Sie nickte und ich ließ mir den Schlüssel geben. Den Rest des Abends redeten wir wieder über Gott und die Welt und ich lernte, dass sie mir auch was andere Wesenszüge betraf ziemlich ähnlich war. Ebenso wie ich neigte sie zum Traumwandeln. Selbst dann, wenn sie wach war. Das unkontrollierbare abdriften in Gedanken und Tagträume. In eine andere Welt jenseits der Realität die sich nur durch unsere

Sinnlichkeit definiert.

Ich kannte mal einen Schamanen der diese Realitätsebene „Anderswelt" nannte. Die Aborigines würden diesen Ort wohl „Traumzeit" nennen. Für mich war es einfach das „Träumen" oder die „Andere Seite". So wie die andere Seite einer Münze oder die dunkle Seite des Mondes. Eine unendliche Anzahl an Realitäten jenseits unserer Realität, die wir jederzeit bereisen können wenn wir es wollen, um die Welt aus einer anderen Perspektive zu erfahren. Vom Prinzip her ist es damit vergleichbar, als würde man sich vom Bürgersteig auf die Straße stellen: Die Welt ist eigentlich noch die Selbe, nur die Perspektive hat sich geändert... und man läuft Gefahr, jederzeit von einem Bus überfahren zu werden.
Dies ist ein Umstand den man als professioneller Traumwandler nie vergessen sollte. Während wir von klein auf lernen, die so genannte Realität sinnlich durch unseren

Körper zu erfahren, erkunden wir die „Andere Seite" doch hauptsächlich mit unserer ungeschützten Seele. Wenn wir dort Fehler machen, richten sie einen höheren Schaden als eine blutende Wunde im Fleisch an und wenn wir uns in dieser inneren Unendlichkeit verlaufen kann es gut sein, dass wir vielleicht nie wieder zu uns zurück finden.

Ein wichtiger Aspekt meiner selbst war von Natur aus auf dieser „Anderen Seite" angesiedelt. Zum Finden berufen, zum Suchen verdammt und stets bemüht Träume in die Realität zu holen. Für dieses Ziel opfere ich mich zur Not auf und zwar seit dem Anbeginn der Zeit. Doch da Träume leider dazu neigen selten das zu werden, was sie zu Anfang scheinen neigen die Zyniker dazu mir Versagen zu unterstellen. Und ich müsste lügen, würde ich sagen, dass ich in all den Jahren keinen eigenen Zynismus entwickelt hätte. Aber trotzdem ist dies kein Grund es nicht immer wieder zu versuchen. Egal wie oft ich bisher gegen die Wand lief, irgendwann reiße ich die Mauer ein. Welchen anderen Sinn hätte mein Dasein denn, wenn dem anders wäre?

Bei Wina sah die Sachlage etwas anders aus. Sie war die Tochter eines Poeten und einer Pianistin. Künstler, die ebenfalls dazu neigten spirituelle Welten zu bereisen. Und so kam es, dass sie auch schnell erste Erfahrungen mit Türöffnern machte. Bewusstseinsverändernden Substanzen die, wendet man sie verantwortungsvoll an, durchaus die langen Wege in andere Welten verkürzen können. Missbraucht man diese jedoch, richten sie nur all zu gern irreparable Schäden an und unterwandern zugleich die Kraft des eigenen Willens. Unseres einzigen Leitfadens. Ich bin uneins mit mir selbst was dieses Thema angeht. Einerseits dachte ich, sollte man, auch wenn es ein langes Unterfangen ist, seinen Geist möglichst ohne Stimulanzen trainieren und sich so den Zugang zu fremden Reichen verdienen, andererseits ist ein Teil von mir doch selbst so eine Art Droge. Kann ich unter diesen Umständen überhaupt wissen wie es ist gänzlich nüchtern zu sein?

Schon in unserem ersten Gesprächen, hatte ich den leisen Verdacht, dass sie eventuell medial veranlagt sein könnte. Und so beschloss ich letztendlich, dass es der falsche weg wäre, sie von ihrer Verbindung zur Anderen Seite abzuschneiden, indem ich über die Schädlichkeit von Stimulanzen dozierte, nahm mir aber gleichzeitig vor in Zukunft alternative Wege zu den gängigen Abkürzungen aufzuzeigen.

12
[atʀakˈtiːve]

„Sag mal," fragte sie irgendwann, „was findest du bei einer Frau attraktiv?"

Ich antwortete ihr, dass Attraktivität für mich ganz unterschiedliche Ursachen haben kann. Meistens sind es Kleinigkeiten. Irgendwelche Eigenarten die mir auffielen und die ich vorher noch bei keiner anderen Frau gesehen habe. Etwas Besonderes.

„Wie meinst du das?" wollte sie wissen.

Ich suchte nach einem Beispiel und erzählte ihr dann von einem Erlebnis, dass schon einige Zeit zurück lag. Damals lernte ich eine junge Französin kennen die, wenn wir mal ehrlich sind, nicht unbedingt als hübsch durchgehen würde, obwohl sie durchaus Charisma hatte. Bei unserem zweiten Treffen fiel mir auf, dass die obere Hälfte ihrer Ohren immer aus ihrem langen, glatten Haar lugten und das fand ich wahnsinnig süß und attraktiv. Es war etwas Eigenes das sonst Niemand hatte. Als ich sie später darauf ansprach reagierte sie wirklich positiv überrascht und gestand mir, dass sie ihre Ohren selbst immer als sehr hässlich empfand und nie gedacht hätte, dass man dieses Merkmal als schön definieren könnte.

Wina lächelte und fragte mich dann, was ich an ihr attraktiv fände. Da musste ich nicht lange überlegen, schließlich ist es mir schon am ersten Abend aufgefallen.

„Die Ringe unter deinen Augen!"

Es waren keine tief, schwarzen Stressringe, sondern eher angedeutete Fältchen. Sie lachte laut aus dem Bauch heraus.

„Du bist der erste Mann der meine Augen nicht schön findet." stellte sie fest.

„Das habe ich nicht gesagt." erwiderte ich und meinte es völlig ernst. „Du hast durchaus schöne Augen, aber ich finde, dass dieses Kompliment mittlerweile so ausgelutscht ist, dass es leider jeden Wert verloren hat. Es ist ein Huren-Kompliment. Jeder benutzt es weil es romantisch klingt, aber es bedeutet nichts mehr."

Sie nickte zustimmend.

„Und was findest du an mir attraktiv?" wollte ich wissen.

„Deine Hände." sagte sie und griff nach meiner Rechten. „Weißt du, die Hände und Füße sind die am weitesten entfernten Teile unseres Körpers und ich glaube, dass ein Mann der Schöne Hände hat einfach ganz und gar schön ist. Von Innen bis ins Äußerste."

Jetzt musste auch ich lächeln.

So saßen wir noch eine Weile da, an jenem Ort an dem wir uns erst wenigen Stunden zuvor kennen gelernt hatten und tauschten schöne, weniger schöne und teilweise sogar erschreckende Erfahrungen aus. Und von Minute zu Minute, von Geschichte zu Geschichte, wurde sie interessanter für mich. Es war, als würde man ein Päckchen am Weihnachtsabend öffnen und merken, dass der Inhalt genau so aufregend war, wie es die glitzernde Verpackung versprach.

Als ich sie in den späten Abendstunden nach Hause brachte umarmte sie mich und ich gab ihr einen ehrlich gemeinten Kuss auf die Wange.
„Sehen wir uns am Donnerstag in der Bar?"
„Gerne." sagte sie weich.

13

Mr. Sandman bring me a Dream

In dieser Nacht wanderte ich durch die Bibliothek der unerzählten Geschichten und las im Buch der Erinnerung. „Mein Leben war ein Märchen, erzählt von einem Narren", sagte MacBeth zu mir ohne Anwesend zu sein. „Und deines?"

Ich schlug die vergilbten Seiten auf und las die Geschichten meiner vorherigen Leben. Eine göttliche Komödie. Meine persönliche Divina Commedia.

Da war die Geschichte eines unerfahrenen Jungen der sich in ein ehrliches Lächeln verliebte und die eines alten Veteranen dem es genau so erging. Da war der Feigling, der weglief vor einer Herausforderung und der Märtyrer, der sich opferte damit jemand anderes leben konnten. Da war der Narr, der einem Tagtraum hinterherjagte und der Clown, der seinen Traum wegwarf während der grinsende Magier unverfroren mit seinen Händen fremde Herzen in Brand setzte. Und da war der weise, disziplinierte Mönch der zugleich der unkontrollierbarste Hitzkopf war, den die Welt je gesehen hatte. Sie alle waren ich aber ich war nicht sie. Und sie sprachen zu mir.

„Erinnerst du dich an Nächte? An die Tage?
An die Juwelen und Trophäen?
Warst du je stärker? Warst du je schwächer?
Spielt das überhaupt eine Rolle?"

Ein Junge, dem grade der erste Flaum im Gesicht wuchs, saß in einem geschmackvoll eingerichteten Partykeller. Auf seinem Schoß saß ein rothaariges Mädchen. Unbeholfen und verspielt schob er seine Hand unter ihr Shirt und liebkoste ihre kleinen, nackten Brüste. Um das zu feiern tranken wir einen Shot Milch. „Mehr wird hier nicht passieren." flüsterte er in einem teils enttäuscht und teils erleichtert klingendem Tonfall. Er hat eine Gabe, mit der er noch nichts anzufangen weiß. Das Leben ist Lernen und Lernen braucht Zeit. Und was sind Jahre im Vergleich zur Ewigkeit?

„Ewigkeit? Du weißt doch gar nicht was das ist. Kannst du dir eine Ewigkeit überhaupt ansatzweise vorstellen?" sprach der Mönch unter dem Feuer. Er war völlig entspannt und die Erfahrung aus Jahrhunderten funkelte in seinen Augen:
„Ich bin das Feuer und das Feuer bin ich. Verstehst du das?"
Ich verstand ihn. Er brannte dafür zu brennen.
„Wenn ich das Feuer nähre und das Feuer nährt mich brenne ich ewig."

Arlecchino, der Harlekin, war ausgebrannt. Er hat es nicht verstanden und verschenkte sein Feuer bis nur noch Blut kam. Dann gab er das auch noch weg. Seine Komödie war sein schleichender Tod und er selbst war die Pointe, während der Narr immer mehr Glück als

Verstand hatte und sich grade so auf dem schmalen Grad zwischen den Zeitenwechseln halten konnte.

„Der Sommer ist mein, der Winter ist des Teufels. Ich aber bin der Teufel und was ich tue ist des Teufels Werk. Aber macht es mich zu etwas bösem, wenn ich tue was ich muss um zu überleben? Verführe ich gegen den freien Willen oder bin ich eher der nötige Katalysator für all die kleinen Dramen? Wir sind Götter und wir sterben ohne Glauben."

Er deutete auf den Sternenhimmel und jeder dieser Sterne war ich.

„Obwohl wir das Licht noch sehen, sind die meisten von ihnen schon lange tot. Jedes noch so kleine Licht wirft einen Schein der alles überdauert."

Die Sterne reflektierten sich im schwarzen Meer. Kann ich noch schwimmen? Konnte ich es überhaupt je oder hatte ich nur Glück nie untergegangen zu sein? Ist die Flamme zu schwach wird das Wasser sie löschen, brennt sie zu stark wird sie das Wasser verdunsten und nur der Nebel wird bleiben um alles blind zu machen. Ich sprang ins Meer und bekam keine Luft mehr.

14
Hundstage

Als ich erwachte schnappte ich nach Luft. Meine Nase war verklebt und meine Kehle trocken. Die Bettwäsche war feucht und kalt vom Schweiß. Augenblicklich begann ich zu husten. Meine Hand glitt aus dem Bett und versuchte eine Flasche Wasser zu ertasten. Jeder Schluck drückte im Kopf. Die Nase fing inzwischen an Marathon zu laufen und an Schlaf war nicht mehr zu denken.

Ich versuchte meine Atemwege so weit wie möglich vom Schleim zu befreien um wenigstens noch ein wenig dösen zu können. Aber vergeblich. Die Schleimproduktion lief auf Hochtouren und ich konnte jeden Produktionshelfer in meinem Schädel spüren, wie sie mit ihren Hämmern gegen die Knochen schlugen.

Eine Krankheit konnte ich jetzt gar nicht

gebrauchen. Nicht nur dass Krankheiten generell lästig sind, manchmal brechen sie auch noch in den unpassendsten Momenten aus. Ich hatte die leise Ahnung, dass ich was wichtiges vor mir hatte in den nächsten Tagen und dafür muss ich fit sein. Drei Stunden bis die Apotheken öffneten. Bei dem Geld, dass in die Pharmaindustrie gebuttert wird muss es doch mittlerweile irgendein Präparat geben das in der Lage ist mich augenblicklich zu heilen.
Gab es aber nicht. Und so versuchte ich mich die nächsten drei Tage mit Bettruhe und einem Cocktail aus japanischen Heilkräutern und Aspirin auszukurieren.

Einer der beschissensten Nebeneffekte den eine Grippe mit sich bringt ist die Tatsache, dass man nicht in der Lage ist neunzig Prozent seiner gewohnten Freizeitaktivitäten nachzukommen. Und so verbrachte ich viel Zeit im Träumen. Immer wieder drifteten meine Gedanken zu ihr. Zu ihren Geschichten, ihrem Lachen und dem Gefühl als sie meine Hand hielt…

Ich spielte das Spiel schon zu lange um nicht gewusst zu haben was das bedeutete. Die ersten Anzeichen von etwas, dass mich ungleich schlimmer mitnehmen könnte als eine Grippe. Und trotz allem Zynismus der sich in den Jahren bei mir ansammelte will ich es nicht als „Krankheit" bezeichnen. Auch wenn es viel von einer Krankheit hat: Verminderung der Konzentrationsfähigkeit und des kognitiven Denkens; Massive Vernebelung der Sinneswahrnehmung; Bluthochdruck; Magenanomalien; Zittrige Gliedmaßen… Ich könnte ewig so weiter machen. Aber die Sachlage war klar: Ich begann mich zu verlieben.

15
Jamsession

Der Donnerstag kam und ich war immer noch nicht völlig auskuriert.

Seit einigen Jahren war es so, dass ich Donnerstags regelmäßig Livemusik in der Bar machte. Dabei hatten wir eine Stammbesetzung, die aus mir als Sänger und Gitarristen und Christine, einer amerikanischen Sängerin, bestand. Dazu kamen in unregelmäßigen Abständen Gastmusiker aus aller Herren Länder. An diesem Abend sollten wir nur zu zweit sein und dementsprechend ärgerlich war es, dass ich mich nicht in Bestform befand. Dank der hilfreichen Unterstützung der deutschen Pharmaindustrie war ich zwar fit genug um zwei, drei Songs zum besten zu geben, für eine mehrstündige Show würde es allerdings auf gar keinen Fall reichen. Und so war es nicht verwunderlich, dass diese Jamsession, im Vergleich zu den üblichen Donnerstagsauftritten, ziemlich kurz wurde.

Als ich gegen neun die Bar betrat saß Wina schon mit Beata und einigen anderen Gästen an einem Tisch und rauchte eine Zigarette. Ich setzte mich zu ihnen, unterhielt mich kurz mit allen Anwesenden und bestellte, zu Beatas Amüsement, einen Tee mit Rum. („Wie? Keine Piwo heute?") Der Grog tat seine Pflicht und spülte mir für einige Minuten heiß die Kehle sauber. Die Show konnte beginnen.

Christine und ich nahmen unsere Plätze auf der kleinen Open-Air-Bühne ein, die eigentlich nur eine fest installierte Bank vor der Fensterfront der Bar war, und ich begann mit *The mysterious vanishing of the foremar Family* von der Frankfurter Band ASP. Einer wunderbaren vierzehn minütigen Geschichte, die sich erfahrungsgemäß wunderbar als

Opener eignet, da die immer lauter und härter werdenden Harmonien nach und nach die Aufmerksamkeit des Publikums auf sich zogen. Man konnte tatsächlich beobachten, wie das Publikum von Reihe zu Reihe stiller und aufmerksamer wurde, je länger dieses Lied andauerte. Anschließend gab Christine, mit ihrer unglaublich kraftvollen Gesangsstimme, ein Potpourri bekannter Songs aus den siebziger und achtziger Jahren zum besten, während ich sie auf der Gitarre begleitete. Darunter Steves Millers *Joker*, Bob Dylans *Knockin on heavens door,* und *Hotel California* von den Eagels, um nur einige zu nennen.

Während ich meine Finger über Hals und Körper der Gitarre gleiten ließ wanderte mein Blick immer wieder auf Wina und mir wurde schlagartig klar, dass ich mich an diesem Abend eigentlich nur in die Bar geschleppt habe um sie mit meiner Musik zu beeindrucken. Um so größer war meine Freude als ich feststellte, dass sie mir tatsächlich zuhörte. Oft saß sie mit geschlossenen Augen und einem zufriedenen Lächeln da und wog ihren Körper leicht im Takt der Musik und manchmal bemerkte ich aus den Augenwinkeln, dass sie auch mich immer wieder ansah. Zwei, drei mal trafen sich unsere Blicke. Bluthochdruck!

In der ersten Spielpause setzte ich mich zu ihr.
„War das erste Lied, dass du gespielt hast von dir?" wollte sie wissen.
Ich verneinte und erklärte ihr, dass ich mich heute nicht Gesund genug fühlte um eigene Songs optimal zu singen. „Aber wenn du versprichst mir zuzuhören mache ich für dich eine Ausnahme."
„Okay." sagte sie lächelnd.

Die zweite Runde eröffnete ich mit dem *Geschichtenerzähler.*

16
Leg dich nie mit dem Geschichtenerzähler an

Ich bin der Gebieter des Irrealen
Und sei mal ganz Ehrlich, was ist schon real?
Alle kommenden und vergangenen Tage
Forme ich nach meiner Wahl

Meine Fantasie ist Imagination
Meine Fieberträume werden eure Religion
Ich bin Morpheus, ich bin Odin
Manchmal bin ich Merkur, manchmal Loki

Ich bin auch in deinem Kopf
Forme die Welt wie ein Gott
Die Wahrheit liegt in meiner Hand
Darum leg dich besser nie
Leg dich besser nie
mit dem Geschichtenerzähler an

Wenn ich dich mag mach ich dich unsterblich
Zum Begründer einer Kultur
Man wird in tausend Jahren noch von dir reden
Als mythische Figur

Wenn du mich verleugnest schreib ich dich einfach um
Dein ganzes Leben wird neu konstruiert
Oder vielleicht verleugne ich auch dich
Und es ist als hättest du nie existiert

Ich bin auch in deinem Kopf
Forme die Welt wie ein Gott
Die Wahrheit liegt in meiner Hand
Darum leg dich besser nie
Leg dich besser nie
mit dem Geschichtenerzähler an

Ich schreibe die Geschichte wie sie mir gefällt
Meine Fantasie formt eure Realität
Ich erzählte euch alles was ihr wisst
Und das woran ihr glaubt das IST!

Ich bin auch in deinem Kopf
Forme die Welt wie ein Gott
Die Wahrheit liegt in meiner Hand
Darum leg dich besser nie
Leg dich besser nie
mit dem Geschichtenerzähler an

17
Sag nicht, ich hätte dich nicht gewarnt

Anschließend ließ ich Christine weiter singen und beschränkte mich selbst wieder auf das Gitarrenspiel. Erneut blieben meine obligatorischen Rundblicke durch das Publikum ungewollt (oder vielleicht doch nicht? Scheiß Unterbewusstsein!) immer wieder bei ihr hängen. Diesmal fiel mir auf, dass sie sich, mehr oder minder aufmerksam, mit einem Hipster unterhielt. Vollbart, Hornbrille, kariertes Hemd, Glatze... Ein Hipster eben. Da ich unter anderem auch Körpersprache sprach erkannte ich, dass er immer wieder das Gespräch mit ihr suchte, sie ihn aber nach wenigen Sätzen abblitzen ließ um sich wieder auf die Musik, und auf mich, zu konzentrieren. Das bemerkte wohl auch Beata die, forsch wie sie war, einfach in dieses Laienschauspiel platzte und Wina mit an einen anderen Tisch nahm. Der Hipster blieb zurück. In seinem Gesichtsausdruck war eindeutig Enttäuschung herauszulesen und in diesem Moment wirkte er auf mich wie ein Schluck Wasser in der Kurve.

Die zweite Runde sollte für diesen Abend auch die letzte bleiben. Und so packte ich meine Gitarre zum schlafen in ihren Koffer, machte mir noch einen Tee an der Bar und gesellte mich zu den beiden jungen Damen. Fast augenblicklich begannen Wina und ich uns zu unterhalten und Beata ließ uns allein, da sie ja theoretisch zum Arbeiten da war. (Praktisch sah es allerdings so aus, dass nach neun Uhr meistens Selbstbedienung herrschte. Zumindest für die Stammgäste.)

Irgendwie kamen wir auf das Thema Wahrnehmung.
„Stell dir vor," fing sie an und deutete auf die Tür, „wir beide sehen die Tür an und sehen dabei etwas völlig unterschiedliches. Hast du

dir über so was mal Gedanken gemacht? Oder Farben. Kannst du dir vorstellen, dass..."

„... wir eigentlich alle unterschiedliche Farben sehen, uns aber auf bestimmte Namen geeinigt haben weil wir irgendwann einmal gelernt haben, dass diese Farbe diesen Namen hat?" vervollständigte ich ihren Satz.

„Genau." sagte sie und lächelte mich an.

Ich erklärte ihr, dass ich dieses Beispiel auch selbst seit Jahren nutzte, wenn ich mit Jemandem über das Dilemma der Wahrnehmung und der Sprache, als kleinster gemeinsamer Nenner seinen Eindrücken Ausdruck zu verleihen, diskutiere.

Wir sahen uns tief in die Augen als ich plötzlich aus dem Augenwinkel bemerkte, dass der Hipster auf uns zu schlurfte. Er beachtete mich nicht sondern trat direkt auf Wina zu. In einem weinerlichen Tonfall fragte er sie, ob sie will, dass er heute noch mit zu ihr kommt. Sie verneinte und wandte sich umgehen wieder mir zu. Der Hipster schlurfte wieder davon und ward nicht mehr gesehen.

„Das war mein Exfreund." sagte sie entschuldigend. „Wir haben schon vor Wochen Schluss gemacht aber er steht trotzdem noch fast Täglich vor meiner Tür. Ich werde ihn einfach nicht los."

In meinem Kopf blitzten Erinnerungen an ein früheres Leben auf. Kannte ich nicht auch mal so jemanden? Aber wer war es? Und wann?

„Ich glaube," fuhr sie fort, „er kann einfach nicht akzeptieren, dass ich nichts mehr für ihn empfinde. Weißt du, ich bin da ganz komisch. Ich verliebe mich schnell, aber das Gefühl ist meistens auch genau so schnell wieder weg. Und irgendwie denkt jeder Mann er wäre der Eine der das ändern könnte."

Das hätte mir eine Warnung sein sollen. War es auch. Momentan war genau abzusehen wohin das Ganze hier laufen wird. Ich saß mitten im Zug Richtung Heartbreakhotel und es war noch nicht zu spät die Notbremse zu ziehen und auszusteigen. Nur leider konnte ich schon die nächsten Zwischenstopps vom Fenster aus erkennen... und die wirkten zugegebenermaßen unheimlich verlockend auf mich. Und wer weiß? Vielleicht sollte ich ja der Eine werden. Immerhin habe ich in der Vergangenheit schon einige Leben nachhaltig verändert. Manchmal weil ich es musste und manchmal auch nur weil ich jemanden Lügen strafen wollte.

„Hast du Lust am Samstag zu mir zu kommen und Musik zu hören? Und damit meine ich wirklich Hören. Also Schnauze halten, Ohren spitzen und genießen." fragte ich schließlich.
Sie lachte laut.
„Ja. Hol mich gegen sieben ab."

Kurze Zeit später begann die Versammlung sich aufzulösen. Wina machte sich mir Amadeus und meiner anderen Mitbewohnerin,

Mary, noch auf den Weg zu einer Party während ich beschlossen hatte mich in mein Bett zu begeben um mich noch etwas auszukurieren.

18
The Fire of Hatred, The Heat of the Sun –
I am upon you. I AM THE ONE

Egal wie sehr ich es versuchte, die Goldenen Augen waren alles woran ich mich erinnern konnte. Natürlich gehörte ein Gesicht, ein Körper und eine Stimme dazu. Musste es ja. Aber nichts davon war noch greifbar. Ich kann nicht einmal sagen ob es ein Mann oder eine Frau war.

Der Hipster schlurfte auf unseren Tisch zu. Blass und ausgemergelt sah er mich mit roten, verheulten Augen an. Seine Stimme war zittrig und schwach als er den leeren Platz neben mir fragte, ob er mit zu ihr kommen darf.

„Stop!" rief das goldäugige Wesen. Die Szenerie fror ein wie bei einem Standbild.
„In Ordnung Zahlenloser," sagte er-sie-es an

mich gerichtet, „sieh dir das Bild genau an! Achte auf die unsichere Körperhaltung und den bettelnden Ton in seinen Worten. Achte auf die Ausstrahlung der Mimik, die unseren Freund hier schon von weitem als Verlierer outet. Wenn du eine Frau wärst, würdest du so einen Jammerlappen auch nicht zu dir einladen, geschweige denn dich von ihm nehmen lassen. Sein Verhalten ist nichts anderes als eine Beleidigung für die Göttin von der er versucht Gehör zu bekommen. Jeder Mensch ist auch ein Gott, genau so wie jeder Gott auch Mensch ist. Dieser gab seine Göttlichkeit jedoch auf und wurde zu einem kriechenden, schleimigen Wesen. So weit unter den Göttern stehend, dass er es nicht mehr wert ist, von diesen beachtet zu werden. Er ist die Schlange aus Eden. Die Kraft die Kinder verführt, weil er ihnen in ihrer Unerfahrenheit noch weiß machen kann, dass er zumindest irgendeine Art von Autorität ist. Es ist kein Wunder, dass er versagt, bei allem was er tut. Vielleicht war die gute Absicht da, vielleicht war er mal einer von den strahlenden Engeln im Himmel, aber er fiel weil er zu Stolz wurde. Er dachte er wäre der höchste von allen und wurde träge weil er seinen Stand als selbstverständlich nahm. Doch Hochmut kommt vor dem Fall und so wurde er fallen gelassen. Das ist ein Gesetz. Nur die schwachen erbetteln Gunst, die starken bekommen sie geschenkt, weil sie es sich verdient haben. Weil sie selbst beweisen, dass sie Götter über den Göttern sind. Unabhängig und Erhaben.

Das ist mein Geheimnis, Klippentänzer, und du kennst es seit du als junger Mann das erste mal mein Reich betreten hast. Damals warst du zwölf und hast bei deinen Eltern den Roman Fanny Hill gefunden. Als du die Lesbenszene last erlebtest du deinen ersten Orgasmus. Und auch wenn du dich kurz darauf entschlossen hast meinem hoffnungslos romantischen Bruder nachzufolgen muss ich dich doch noch einmal an dein Geburtsrecht erinnern, mein Maikind. Du selbst bist im Feuer geboren an dem Tag an dem mein Reich dieser Welt am nächsten ist und so lange du selbst heiß bist, kannst du nicht verbrannt werden. Das war mein Geschenk an dich, weil es Gesetz ist, dass ich an meinem Tag etwas verschenke. Also folge deiner Natur und schüre das Feuer mit allem was du erbeuten kannst oder verglühe. Aber denk daran: Alles hat seinen Preis."

Als ich erwachte meinte ich einen Schatten mit goldenen Augen an meinem Bett sitzen zu sehen. Es stand auf und verließ das Zimmer durch die verschlossene Tür. An weiterschlafen war nicht mehr zu denken. Und so stand ich auf, zündete mir eine Zigarre an und versuchte mich an all die Geheimnisse zu erinnern, die ich vergessen hatte.

19

Out of the frying Pan (and into the Fire)

An diesem Samstag war ich den ganzen Tag von Unruhe besessen. Meine Gedanken waren ein einziges Déjà-Voodoo von Erinnerungen und Gedanken. Ich beschloss mein Zimmer zu exorzieren. Erst mit Wasser und Seife, dann mit Rauch und Musik. Was immer heute Abend vorfallen würde (Das weißt du doch schon.) sollte und durfte nicht durch alte Geister gestört werden. Ich nahm mir viel Zeit um alles gründlich zu reinigen und begab mich anschließend zur Selbstprogrammierung in Meditation.

Weit weg von hier stand ich vor meinen Aspekten und überlegte welchen ich heute anziehen sollte. Als ich meine Wahl getroffen hatte zog ich mich an und machte mich auf dem Weg zu Wina.

Nach wie vor hatten wir keinerlei Kontaktdaten ausgetauscht und so war es für mich wieder ein reines Glücksspiel ob sie mich erwarten würde oder mich vielleicht schon vergessen hatte. Aber als Glücksreiter ist der Zufall oft auf meiner Seite und so verwunderte es mich nicht, dass sie mich sofort hereinbat als ich an ihrer Tür klopfte. Sie saß im Schneidersitz auf ihrem Bett und las in einem Gedichtband von Rilke.

„Können wir los?" fragte ich.
„Ja. Aber warte noch, ich habe was für dich."
Sie überreichte mir ein kleines, blaues Heftchen.
„Das ist ein Märchen aus meiner Heimat, dass ich mal auf Deutsch übersetzt habe."
„Hab ich mir schon gedacht." sagte ich grinsend. „Du hast mir am ersten Abend davon erzählt."
„Wenn du willst kannst es lesen. Es würde mich freuen."
„Mach ich gern." sagte ich und meinte es auch

so. Sie lächelte ein etwas verschüchtert wirkendes Lächeln. Ich lächelte zurück und wir machten uns auf den Weg zu mir.

Unterwegs erzählte sie mir, dass sie früher am Tage in der Stadt war und von einem jungen Mann angesprochen wurde. Irgendwann im Laufe des Gespräches realisierte sie, dass die beiden einmal miteinander geschlafen hatten.
„Das war mir peinlich." sagte sie. „Kennst du das, wenn du Jemandem zwar körperlich nah bist, er aber eigentlich so unbedeutend ist, dass du ihn sofort wieder vergisst?"
Kannte ich nicht, auch wenn es mir aus irgendeinem Grund bekannt vor kam.
„Vielleicht früher einmal." rutschte es mir laut denkend raus.
„Ich weiß es klingt hart, aber die meisten Menschen sind so normal, dass es eigentlich Zeitverschwendung ist sich mit ihnen abzugeben." fügte sie hinzu.
Das konnte ich auf jeden Fall nachvollziehen.
„Dann lass es einfach!" war meine ernste

Antwort.

Als wir mein Zimmer betraten wanderte ihr Blick, wie zu erwarten war, zunächst auf meine prall gefüllten Bücherregale und die CD-Stapel unter dem Fernsehregal.
„Wenn du dich je gefragt hast was ich in meiner Freizeit den ganzen Tag mache," sagte ich zu ihr, „jetzt weißt du es."
Sie lachte laut. „Ja, so ungefähr habe ich mir das wirklich bei dir vorgestellt."

Wir setzten uns auf mein Ausziehsofa. Die erste Stunde unterhielten wir uns nur. Tauschten Erfahrungen mit *Normalsterblichen* aus, wie ich sie nannte oder erzählten uns von unseren Familien. Dabei rauchten wir Zigaretten und tranken ein Gläschen erschreckend schlechten Rotwein, den ich an diesem Vormittag in aller Eile blind im Supermarkt um die Ecke gekauft hatte.
Zwischendurch alberten wir immer mal wieder miteinander herum.

("Wusstest du, dass ich eigentlich eine Prinzessin bin? Meine Vorfahren waren Adelige in Georgien." sagte sie stolz.

„Na und? In meinen Adern fließt das Blut Davids und Salomons. Da können die Osteuropäischen Könige aber einpacken.")

Als ich bemerkte, dass die Gesprächsintensität langsam nachließ fragte ich sie ob sie Lust auf Musik hätte. Hatte sie.

Ich löschte das Licht und entzündete zwei Kerzen. Sie sah mich leicht irritiert an.

„Keine Sorge. Das mache ich immer so wenn ich Musik höre." versicherte ich ihr. „Die restlichen Sinne müssen doch zur Ruhe kommen damit das Gehör nicht abgelenkt wird."

Die Skepsis verschwand umgehend aus ihren Augen und ich legte die erste CD ein. *Haggard – Tales of Itheria*. Das zwanzigköpfiges Orchester unter dem Komponisten Asis Nasseri spielt eine unglaublich bombastische Mischung aus Klassischer Musik und Heavy

Metal. Ein sehr anspruchsvoller Sound der erfahrungsgemäß nicht jedermanns Sache war, aber Wina traute ich zu, dass sie etwas damit anfangen konnte.

Während die erste Hälfte des Albums durchlief sprachen wir kein Wort sondern saßen nur entspannt nebeneinander und lauschten der Musik. Unwillkürlich ließ ich mich mitreißen und begann mit den Händen zu dirigieren. Und auch Wina ließ sich vom Rhythmus erobern, als sie begann zum Takt der Drums so heftig mit dem Bein zu wippen, dass ich es durch das Sofa spüren konnte.

In der Mitte der Rockoper stoppte ich die CD um ein Zwischenfeedback einzuholen. Wie erwartet zeigte sie sich begeistert von dem einzigartigen Klangfarben der Band, also genossen wir die den Rest des Musikmärchens.

Anschließend legte ich *Within the Realm of a dying Sun* von *Dead can Dance* ein. Ich musste zugeben, dass diese Musik nur wirklich berauschend ist, wenn man high ist und so verlor sich dieses Album leider in erneuten Gesprächen. Zwischendurch ließen wir uns immer wieder zu abfälligen Kommentaren über Normalsterbliche hinreißen, da meine Nachbarin zu diesem Zeitpunkt eine kleine Hausparty veranstaltete und wir bei geöffnetem Fenster (und wir rauchten ja beide) sowohl die banale Elektromusik als auch die belanglosen Gespräche ihrer Gäste hören konnten.

Als wir uns letztendlich ausgequatscht hatten legte ich Loreena McKennitts *Elemental*-Album ein. Schließlich war es nun Zeit den Sack zu zumachen. Ich kann nicht genau sagen wieso, aber Loreenas Musik ist magisch und trifft jeden, der auch nur einigermaßen empfänglich für Akustik ist, mitten ins Herz wie ein brennender Pfeil. Schon beim ersten Track entspannten wir uns merklich und lagen mehr als das wir saßen auf meinem Sofa. Zeitgleich verringerte sich der sowieso schon schmale

Abstand zwischen unseren Körpern langsam aber stetig. Zu Beginn der bewegenden Vertonung von William Blakes *„Who can stand"* gingen die beiden Kerzen aus die ich am Anfang des Session angezündet hatte. Es wurde wirklich Zeit.

„Das ist eines meiner Lieblingsgedichte," gestand ich ihr. „und es war völlig beabsichtigt, dass die Lichter erlöschen um die Dramatik der Worte zu unterstreichen."
Sie musste lachen. Gott, wir hatten wirklich den gleichen Humor.
„Sobald das Gedicht aus ist hole ich eine neue Kerze." versicherte ich, während ich ausgestreckt, mit geschlossenen Augen, neben ihr lag.

Nach dem Track ließ ich sie allein um in der Küche nach der dritten Kerze zu suchen. Mein Traum vom Donnerstag kam mir wieder in den Sinn. Ich hatte wirklich eine Gabe. Ich musste mich nur konzentrieren um sie zu nutzen.

Als ich das Zimmer wieder betrat lag sie zusammengerollt aber entspannt, mit dem Rücken zur Wand gerichtet, auf dem Sofa und lauschte mit geschlossenen Augen und einem leichten lächeln auf den Lippen der Musik. Ich zündete die letzte Kerze an.

20

She Moved Through the Fair

Ich legte mich so zu ihr, dass sich zwischen meinen Armen und meinen Beinen eine Kuhle bildete in der sie sich verkriechen konnte. Es war als wäre ich doppelt so groß wie sie. Langsam vergrub ich mein Gesicht in ihrem Haar und inhalierte ihren Duft.

„Du riechst gut." flüsterte ich. „Nach Pfirsich mit einem hauch Vorfreude. Kann das sein?"

„Ja." wisperte sie.

Meine Fingerspitzen begannen vorsichtig über ihre Beine zu streichen während Loreena McKennitt in wundervollstem Sopran *She Moved Through the Fair* anstimmte. Schon wieder ein Déjà-Vu. Jeder wusste was jetzt kam aber ich versuchte die Spannung so lang ich konnte aufrecht zu erhalten und den Moment bis zu Letzt auszukosten. (Berühre eine Frau nicht als wäre es das Erste mal, sondern als wäre es das Letzte mal!) Meine Lippen spitzen sich und ich küsste ihren Haaransatz. Arbeitete mich langsam zu ihrer Stirn vor, während ich meine Finger leicht über ihren Körper wandern ließ. Sie streckte ihren Kopf nach hinten, so dass wir Gesicht an Gesicht lagen. Ihre Augen waren geschlossen und ihr Mund leicht geöffnet. Die Spannung war kaum noch auszuhalten. Wie fremdgesteuert suchten sich unsere Lippen. Ich küsste sie. Sie erwiderte den Kuss. Dann rutschte sie etwas hoch um sich in meine Arme legen zu können. Wir küssten uns weiter. Sanft, langsam, forschend. Ihre kleinen Hände begannen mich zaghaft zu berühren, während ich mit der einen Hand ihr Haar streichelte und sie mit der anderen näher an mich zog. Plötzlich berührten sich unsere Zungen zum ersten mal. Offensichtlich waren sie sich auf Anhieb sympathisch, denn sie fingen sofort an miteinander zu spielen. Unsere Küsse wurden leidenschaftlicher und sie begann auf einmal wie verrückt an meiner Unterlippe zu saugen.

Aus Saugen wurde Beißen und je mehr sie mir weh tat, desto stärker presste ich sie an mich. Ihre Hand wanderte suchend unter mein T-Shirt. Als sie meine Hüfte strich zuckte ich unwillkürlich zusammen.

„Du bist ja kitzelig." stellte sie fest. Ihre Stimme hatte einen Klang zwischen belustigt und geil. Dann fing sie an mich zu kitzeln.

„Also wirklich jetzt?" dachte ich bei mir, *„Einen alten Veteranen herausfordern?"*

Ich ging zum Gegenangriff über und schaffte es im Eifer des Gefechtes schließlich ihre Arme und Beine so auszurichten, dass ich sie mit einem Arm bewegungsunfähig halten konnte, während meine freie Hand freien Zugriff zu ihrer Bauch- und Hüftregion hatte. Laut lachend und wild zuckend stemmte sie ihr Ganzes Körpergewicht gegen mich um meinen Griff zu lösen. Vergeblich.

„Hör auf! Hör auf!" lachte sie.

„Wie heißt das Zauberwort?" fragte ich und ließ meine Kitzelhand ruhen.

„Bitte." raunte sie in mein Ohr.

Ich ließ sie umgehen los und genau so umgehend hing sie wieder an meinen Lippen. Völlig außer Atem küssten wir uns innig bis sie sich plötzlich von mir weg drehte.

„So!" sagte sie triumphierend als hätte sie hier das Ruder in der Hand.

Ich konnte mir in diesem Moment nicht verkneifen ein Lachen herauszuprusten. Mit der Hand strich ich ihr ihre lange Haare nach Oben und begann ihren Nacken zu küssen, während sich mein Körper an sie löffelte. Sie presste ihren Po fest an meinen Schritt. Ich küsste ihren Hals und ihr Ohr. Sie begann leise zu stöhnen. Meine Hand streichelte die weiche Haut unter ihrem Shirt und erkundete verspielt den Weg zu ihren Brüsten. Sie begann ihre Hüften zu bewegen. Ihren Unterleib an meinem harten Schwanz zu reiben. Meine Küsse wurden leidenschaftlicher und wandelten sich schließlich in Bisse. Meine Hand umschloss ihre kleinen Brüste und meine Finger spielten mit ihren harten Nippeln. Ihre Bewegungen wurden heftiger. Ihr Stöhnen intensiver. Völlig überraschend spürte ich plötzlich wie sich ihr ganzer Körper entspannte. (Postkoitale Relaxatio? Jetzt schon?) Ihr Puls verlangsamte sich und sie atmete erschöpft aber gleichmäßig tief ein und aus. Dann drehte sie sich wieder zu mir um und presste ihren Körper ganz eng an meinen. Ich erwiderte die Geste und drückte sie mit sanfter Gewalt noch fester an mich. Mehrere Minuten lang küssten wir uns innig.

Sie legte ihre Stirn an meine Lippen.
„Dein Bart kratzt." schnurrte sie mit einem Hauch schlecht gespielter Empörung. „Ich bin bestimmt schon ganz rot um den Mund herum."
Ich küsste ihre Stirn und fing an ihre Wange zu streicheln. Mit den Fingerspitzen schrieb ich ein Lied auf ihr Gesicht und es war unübersehbar wie sehr sie die Berührungen genoss. Mit geschlossenen Augen und einem zufriedenen Lächeln auf den Lippen schmolz sie dahin und sah dabei so wunderschön aus,

dass mein Herz anfing zu bluten.

Kurze Zeit später tauschten wir wieder intensive Küsse aus. Dann machte sie etwas, dass ich noch nie zuvor erlebt hatte: Sie legte ihren Kopf so nah an meinen, dass ihre Wimpern ganz leicht mein Gesicht berührten. Dann öffnete und schloss sie die Augen in einer Frequenz die ihre Wimpern meine Haut kitzeln ließen. Das war so süß, dass ich mir einen Glücksseufzer nicht verkneifen konnte.

So ging es noch einige Zeit weiter. Abwechselnd küssten, liebkosten und neckten wir uns und ich erfuhr einmal mehr, dass ihr Humor genau so verkorkst ist wie meiner.
(„Ist dir klar, dass du mein Vater sein könntest, wenn du nur zwei Jahre älter wärst?"
„Bin ich aber nicht."
„Papa, warum sagst du so was?")

Irgendwann wurde sie merklich schläfrig, machte aber keine Anstalten bald gehen zu wollen. Also zog ich mein Schlafsofa aus und legte mich mit ihr ins frisch bezogene Bett. In meine Arme gekuschelt und ihren Kopf auf meiner Brust liegend schliefen wir schließlich ein.

21
Von Kindern, Levitation und Friedhöfen

In dieser Nacht arbeitete ich als Erzieher in einem Kindergarten. Meine Vorgesetzte trat mit ernstem Gesichtsausdruck auf mich zu und fragte ob ich mir etwas Zeit für sie nehmen könnte. Wir gingen in ihr Büro und sie erklärte mir in ruhigem Ton, dass ich meine Arbeit zwar außergewöhnlich gut mache, ich aber dazu neigen würde den Kindern meine Moralvorstellungen durch manipulative Sprache einzureden. „Es ist nicht in Ordnung jemandem seines freien Willens zu berauben, selbst und vor allem, wenn sich diese Person noch in ihrer Selbstfindungsphase befindet. Mir bleibt leider keine andere Wahl als dich zu entlassen."

Geknickt verließ ich die Erziehungseinrichtung und tat das, was mir am logischen erschien. Ich nahm einen Job als Friedhofsgärtner an.

Zufrieden schlenderte ich durch den Knochengarten und begrüßte all die Toten aus meiner Vergangenheit die hier begraben lagen. Stundenlang saß ich vor den Grabsteinen und redete mit den Geistern als wären sie lebendig, bis ein fremder, alter Mann auf mich zu trat und sich empört zeigte, dass ich die Totenruhe störte anstatt meiner Arbeit nachzugehen. Mir fiel auf, dass ich tatsächlich meine Sense verlegt hatte. Ich blickte mich um und entdeckte sie oben auf einer hohen Hecke liegend. Also schwebte ich hoch zur Hecke und nahm mein Werkzeug. Dann machte ich mich auf den Weg in mein Mausoleum. Es sah aus wie eine Mischung aus dem Petersdom und einem alten griechischen Kulttempel. Jeder Grabstein in diesen hohen, grauen Hallen gehörte mir.

Erneut verließ ich den Boden unter meinen Füßen und legte Blumen an jedes Grab, dass in den meterhohen Wänden eingelassen war. Ich flog als wäre es das selbstverständlichste von der Welt, als der alte Mann plötzlich das Mausoleum betrat und mich erneut zur Rechenschaft ziehen wollte. Ich ignorierte ihn und levitierte unter die Kuppel zum höchsten Punkt der Grabstätte. Dort sah ich ein leeres Grab. Die Gedenktafel nannte meinen eigenen Namen. Meinen jetzigen Namen.

22
Der Morgen danach

Gegen Sechs wurde ich von Geräuschen aus der Küche geweckt. Noch bevor ich die Augen öffnete spürte ich das Gewicht von Winas Kopf auf meiner Brust und ihren Körper an meinem. Ihre kleinen Hände umklammerten mich. Sie lag noch genau so da wie sie eingeschlafen war und ratzte friedlich vor sich hin. Behutsam legte ich sie von mir runter, zog die Decke um sie fest damit sie nicht friere, suchte meine Hose, klaute mir noch einen Kuss von der schlafenden Schönheit und machte mich auf den Weg die Ursache für den Lärm zu finden.

Wie erwartet traf ich in der Küche auf meinen Mitbewohner Theo, der grade von einer Party nach Hause kam und sich sein Abendessen kochte. Das war eine von Theos Eigenarten: Er schlief Tagsüber und lebte Nachts. Theo hatte viele Eigenarten. Ehrlich gesagt war er einer der eigenartigsten Typen die ich je kennen gelernt habe, aber er war auch eine Seele von Mensch.

„Moin Theo!" sagte ich, als ich die Küche betrat.

„Morgen! Und? War dein Abend erfolgreich?" wollte er wissen als er realisierte dass ich zu ihm sprach.

„Ich hab keinen Grund mich zu beschweren." antwortete ich wahrheitsgemäß.

„Ist klar!" spottete er grinsend. „Wie machst du das immer mit den Frauen? So eine Art Hypnose?"

„Eher so etwas wie eine Gabe." antwortete ich.

„Die nutzt du aber ganz schön aus!"

„Wenn er wüsste", dachte ich bei mir. Theo hielt mich für einen totalen Schürzenjäger, da er als mein Mitbewohner natürlich mitbekam, dass ich öfter mal weiblichen Übernachtungsbesuch hatte. Jedoch kam es dabei viel seltener zu sexuellen Handlungen

als er glaubt(, wenn auch öfter als er denkt). Meistens gab ich den Frauen einfach das, was sie grade suchten und nahm mir als Gegenleistung was ich grade brauchte. Auch das war Teil meiner Natur.

„Nur wenn es nötig ist." erwiderte ich.
„Bei dir scheint es aber oft nötig zu sein." feixte er.
„Relativ."
„Ist sie noch da?"
„Schläft."
„Und du bist wach?"
„Messerscharf erkannt, Sherlock. Ist nun mal meine normale Aufstehzeit."
„Und was machst du jetzt?"
„In Anbetracht des hübschen Mädchens, dass in meinem Bett liegt gibt es eigentlich nur eine sinnvolle Option." grinste ich und machte mich wieder auf den Weg in mein Zimmer. „Bis Morgen, Alter!"
„Jo! Bis Morgen."

Leise betrat ich mein Zimmer, zog meine Hose wieder aus und legte mich vorsichtig zurück ins Bett. Augenblicklich kuschelte sie sich wieder an mich heran ohne dabei den Anschein zu erwecken, dass sie auch nur im geringsten wach wäre. Ich legte meine Arme um sie, genoss das Gefühl und versuchte noch etwas zu schlafen.

Gegen Zehn wurden wir beide langsam wach. Für mich gab es kaum etwas schöneres, als morgens neben einer attraktiven Frau aufzuwachen. Der Zustand zwischen Traum und Erwachen macht menschliche Nähe zu etwas wunderbar Surrealen. Noch halb im Delirium machten wir da weiter wo wir am Abend zuvor aufgehört hatten und küssten uns gegenseitig, Stück für Stück, in die Realität zurück.

Als wir gänzlich Wach waren öffnete ich das Fenster um etwas frische Morgenluft einzulassen und setzte uns einen Kaffee auf. Ich hatte keine Ahnung wie sie ihren Trank, aber da ich schon öfter festgestellt hatte, dass wir in vielerlei Hinsicht sehr ähnlich tickten bereitete ich ihren genau so zu wie meinen: Schwarz mit ein wenig Zucker.

„Eigentlich trinke ich meinen Kaffee ohne Zucker." sagte sie, als ich zurück ins Zimmer kam und ihr meinen Gedankengang mitteilte.

„Hab jetzt leider keine Lust den Zucker wieder hinaus zu destillieren, aber ich merke es mir fürs nächste mal."

Sie lachte und ließ dann ohne es zu wissen eine Bombe platzen. Vielleicht sollte ich dazu sagen, dass ich nach all den Jahren nur noch schwer zu schockieren bin. Hätte sie mir von ihrer regelmäßigen Teilnahme an Drogenorgien im Swingerclub oder ihrer Mitgliedschaft in einer satanischen Nazisekte erzählt, hätte es wahrscheinlich mit einem Schulterzucken zur Kenntnis genommen ohne, dass ein Sphygmomanometer auch nur den geringsten Unterschied festgestellt hätte. Aber das!

„Wusstest du, dass ich oft Träume, dass ich in einer Großen Bibliothek bin in der Bücher stehen die nie geschrieben wurden? In denen lese ich dann."

Ich wäre fast vom Bett gekippt.

„Ist dir da schon mal ein großer, hagerer Mann namens Lucien aufgefallen? Brille, Halbglatze, war früher mal ein Rabe." fragte ich.

„Verarscht du mich?" fragte sie skeptisch.

„Absolut nicht!"

Wir rauchten eine zusammen und lümmelten uns dann noch für zwei Stunden in den Federn herum. Es war ein schönes Gefühl zu merken, dass sie sofort Anfing meine Nähe zu suchen, sobald ich sie nicht mehr auf irgendeine Art berührte. Dabei dachte ich eigentlich immer, dass es keinen verschmusteren Menschen als mich gäbe. Und das war ich wirklich. Auch wenn dies wahrscheinlich kaum jemand geglaubt hätte der mich kannte.

Zwischendurch sah sie mir immer mal wieder lange in die Augen.

„Du hast graue Augen." stellte sie fest.
„Bringt das Alter mit sich." feixte ich zurück.

Gegen Mittag beschloss sie, dass es langsam Zeit wäre nach Hause zu gehen. Wir küssten uns intensiv zum Abschied.
„Du darfst mich übrigens jederzeit wieder besuchen kommen, Prinzessin." flüsterte ich ihr zum Abschied ins Ohr und achtete dabei darauf das Wort *Prinzessin* möglichst ironisch auszusprechen.
„Du mich auch." erwiderte sie schelmisch lächelnd. Dann ging sie.
Was meinte sie jetzt?

23
Princes of the Universe

Ich fühlte mich wie neu geboren an diesem Tag. So voller Energie wie schon seit langem nicht mehr und *Queen* lieferten mir mit dem *A Kind of Magic* – Album den passenden Soundtrack dazu. Salomo hatte recht. Junges Blut wirkte Wunder für die geschundenen Knochen.

Ich begann den Mittag mit einigen Körperübungen und einer ausgiebigen Dusche. Kurze Zeit später klopfte es an meiner Tür. Marcy war da und wollte wissen ob ich Lust hätte diesen sonnigen Nachmittag dazu zu nutzen ein wenig mit ihr spazieren zu gehen.

„Klar doch." antwortete ich ihr und wir machten uns auf den Weg in die Wälder hinter dem Haus. Nach einigen Kilometern fiel ihr auf, dass ich heute irgendwie anders wirkte als sonst.

„Hast du dir was eingeworfen?" fragte sie.

„Natürlich nicht. Wie kommst du darauf?"

„Du wirkst zehn Jahre jünger und viel ausgelassener als sonst."

„Aber ich habe nichts genommen." versicherte ich ihr.

„Dann bist du verliebt." sagte sie lachend.

Ich dachte über ihre Worte nach. Wenn man verliebt ist, sind die gleichen Teile im Hirn aktiv, wie wenn man sich Heroin gedrückt hat. Und das ich mir gestern einen Schuss gesetzt hatte, war nicht von der Hand zu weisen.

„Warum ist deine Lippe eigentlich so geschwollen?" wollte sie wissen.

Schon am Nachmittag begann ich Wina zu vermissen. Ein Junkie der nach seinem nächsten Schuss lechzt. Aber dafür wäre es jetzt einfach noch zu früh. Schließlich ist es einer der größten Fehler die ein Mann machen kann einer Frau nachzulaufen und erfahrungsgemäß ist eine Frau, je jünger sie ist, umso hellhöriger bei allem was nach fester Bindung klingt. Also beschloss ich einige Tage zu warten, bis ich sie wieder sehen sollte. So zumindest in der Theorie. In der Praxis ging es mir genau so wie einem Abhängigen, der nur noch seine Droge im Kopf hat. Sie spukte unaufhörlich in meinen Gedanken herum. *Alles hat seinen Preis* sagte das goldäugige Wesen damals zu mir. Ich bekam den Hauch einer Ahnung davon, was es gemeint haben könnte.

Zum Glück hatte ich einen breit gefächerten Freundeskreis, so, dass ich nicht allein sein musste wenn ich es nicht wollte. Also lud ich mir zur Ablenkung einige Gäste ein. Es half in dem Moment, aber sobald die Jungs wieder nach Hause gingen und ich wieder allein war flogen meine Gedanken wie von selbst zu ihr. Ich begann zu grübeln und mir Fragen zu stellen. Fragen die ich mir sonst nicht stellte, wie: *Was ist das da zwischen uns? Meint sie es ernst mit mir? Hat das ganze Zukunft?*

Die Art von Fragen die einem wie ein Hammerschlag in die Fresse klar machen, dass man grade dabei ist einen großen Teil seiner Freiheit zu opfern. Freiheit, die einen wie eine Aura umschwebt und so unglaublich anziehend auf das andere Geschlecht wirkt. Freiheit, die mich von den Schlappschwänzen unterschied, die Frauen hinterherhecheln wie räudige Hunde. Eines war klar: in diesem Zustand sollte ich auf jeden Fall die Füße still halten.

Ein weiterer Aspekt von mir ist der des Magiers. Also beschloss ich das Tarot in seiner Eigenschaft als Chaos-Orakel zu befragen um wenigstens einige Antworten zu bekommen. Knight of Cups. So weit, so gut...

24
Mein Ruf eilt mir voraus

Am Mittwoch hatte ich in der Innenstadt zu tun. Ich beschloss etwas früher los zu gehen um noch kurz in der Bar reinzuschauen und nach meinem Termin vielleicht Wina zu besuchen.

Kaum öffnete ich die Tür zur Bar wurde ich auch schon freudestrahlend von Beata begrüßt. Wir tranken gemeinsam einen Kaffee und gingen dann auf die Terrasse um eine zu rauchen.

„Ich muss dir was erzählen, aber versprich mir, dass das unter uns bleibt." sagte sie zu mir und ihre Zahnspange blitzte auf als sie lächelte.

„Schieß los." sagte ich.

„Ich hab gehört du bist ein guter Küsser."

Ich musste laut lachen. „Darf ich raten von wem du diese Information hast?"

Beata erkannte offensichtlich, dass meine Frage rhetorischer Natur war und erzählte mir sofort, dass sie am vorherigen Abend mit Wina unterwegs war. Mir wurde einmal mehr bewusst, dass diese Bar wie eine Bärenfalle ist. Wer einmal drin steckt kommt nur ganz schwer wieder aus ihr heraus.
„Wenn man vom Teufel spricht..." plumpste es mir heraus, als ich besagte Prinzessin plötzlich die Straße entlang laufen sah.
Beata unterbrach augenblicklich ihren Redefluss, (was bei ihr ziemlich selten vor kam,) und erinnerte mich auf ihre typische und wunderbar direkte Weise noch einmal mit strengem Blick an mein Versprechen: „Halt ja die Klappe!"

Wina betrat die Terrasse und setzte sich zu uns. Sie hatte ihre erste Vorlesung verschlafen und bestellte sich einen Kaffee. Komischerweise wirkte sie ziemlich distanziert auf mich. Freundlich aber irgendwie abwesend. Im Gegensatz zu Sonntagmorgen schien sie sogar bemüht zu sein mir nicht zu nah zu kommen. Ich war zugegebenermaßen leicht verwirrt, konnte mich in dem Moment aber auch nicht länger damit beschäftigen, da ich es mittlerweile eilig hatte pünktlich zu meinem Termin zu kommen. Also verabschiedete ich mich freundlich und fragte sie ob sie Lust hätte den Abend mit mir zu verbringen. Sie überlegte kurz, sagte dann aber zu. Wir verabredeten uns für Sieben bei ihr.

Am Nachmittag schaute ich auf meinem Weg in die heimischen vier Wände noch einmal in der Bar vorbei. Zu meiner Überraschung war Wina immer noch da und versuchte mit ihrem Laptop eine Skype-Leitung zu ihrer Mutter zu bekommen. Ich gönnte mir noch einen Kaffee mit Beata und setzte meine Reise dann fort. Ihr war auch aufgefallen, dass ich irgendwie anders war als sonst.

25
Ein Abend mit „Freunden"

Gegen Sechs klingelte mein Handy. Beata stand auf dem leuchtenden Display.
„Was gibt's?" wollte ich wissen.
„Hast du was dagegen wenn Wina, Ich und Fritz dich besuchen kommen?" fragte die Frau mit dem unüberhörbaren polnischen Akzent am anderen Ende der Leitung.
„Absolut nicht. Bring Bier mit." war meine ehrliche Antwort, obwohl ich natürlich lieber mit Wina allein gewesen wäre. Aber optimistisch, oder besser gesagt naiv, wie ich nun einmal war ging ich davon aus, dass wir die Versammlung der ungebetenen Gäste schnell auflösen und dann den Großteil des Abends für uns haben würden. Obwohl ich Beata mittlerweile besser hätte kennen müssen. Ich hatte sie wirklich gern, aber wenn sie trank war sie eine unberechenbare

Partymaus und noch lauter und penetranter als im nüchternen Zustand. Obwohl man selbst da schon glauben würde, dass ihre Hummeln im Hintern aus rein physikalischen Gründen nicht steigerbar sein könnten.

Und Fritz war auch so eine Nummer für sich. Ende Vierzig, Anwalt in einer Dorfkanzlei irgendwo am Arsch von Nirgendwo und seit zehn Jahren vergeblich damit beschäftigt Beata irgendwie in sein Bett zu bugsieren. So gesehen ein armer Hund der durchaus mein Mitleid verdient hätte, allerdings muss ich zugeben, dass ich ihn nie leiden konnte. Er hatte so eine süffisante, klugwichserische Art mit der er laufend versuchte sich gegenüber Anderen zu profilieren. Wenn man seine geistigen Scheißhaufen dann argumentativ widerlegte wurde er zu allem Überfluss meistens auch noch pampig. Alles in allem Charaktereigenschaften die ich ungefähr so sehr gebrauchen konnte wie Syphilis. Leider sollte auch in diesem Falle dieser Abend keine Ausnahme von der Regel sein.

Die drei kreuzten gegen Sieben bei mir auf. Bis dahin hatten sich auch meine Mitbewohner zu mir gesellt und die Zeichen standen auf Hausparty. Beata hatte einige Kartons mit Tiefkühlgerichten dabei, welche sie umgehend auf den freien Couchplatz neben mir schmiss, als sie, wie ein Elefant im Porzellanladen, in mein Schattenkabinett stampfte. Manchmal hatte ich bei ihr wirklich den Eindruck, dass sie unbedingt einen Raum ausfüllen musste wenn sie ihn betrat. Jeder sollte wissen, dass sie da war. Und ich muss gestehen, dass ich vielleicht etwas lauter als gewöhnlich war, als ich sie mit meiner ernsten Stimme anraunte die auftauende Pappe doch bitte nicht auf mein Schlafplatz zu pfeffern. Vor allem, und das hätte sie sich eigentlich denken können, wenn ich diesen Platz bis dahin aus einem bestimmten Grund unbesetzt hielt.

Beata reagierte wie erwartet und pflaumte direkt zurück.

„Ey! Ich bring dir was zum essen mit und du

schnauzt hier herum. Was ist los mit dir?"

Ich benutzte meine besänftigende Stimme: „Beata, mäßige dich. Ich bin dir dankbar dafür, dass du was mitgebracht hast, aber ich glaube, dass diese Fertiggerichte besser in der Spüle auftauen sollten als auf meinem Schlafplatz."

Mit diesen Worten drückte ich ihr die Kartons in die Hand. Sie verdrehte die Augen und brachte die Fracht rüber in die Küche. Der Platz zu meiner Linken war wieder frei und Wina setzte sich umgehend zu mir. Der Rest verteilte sich auf Stühlen durch den ganzen Raum. Aber wieder wirkte sie unerwartet distanziert. Zwar ließ sie sich meine Berührungen gefallen, machte jedoch von sich aus keinerlei Anstalten mir irgendwie näher kommen zu wollen.

Wider Erwarten entwickelte sich das Ganze doch noch zu einer lustigen Runde. Fritz schaffte es mich in eine hitzige Debatte über die Bibel zu verwickeln. Er war natürlich, höchstwahrscheinlich aus Bequemlichkeitsgründen, Atheist, während ich, was auch kein Geheimnis war, von Natur aus spirituell veranlagt war. Es war so erschreckend naheliegend, dass er versuchte mich in meiner Königsdisziplin herauszufordern um sich einen Alphastatus in der Runde zu sichern. Dabei argumentierte er stets wie ein Anwalt, vermischte gute und weniger gute Argumente in einem Satz und erwartete dann Zustimmung. Und je mehr ich seine dilettantischen Argumentationen widerlegte, desto länger und verschachtelter wurden seine Monologe. Da mir Laiendiskussionen selten eine Herausforderung boten, begann ich ziemlich schnell ihn ironisierend zu Spiegeln. Wina hatte es sofort begriffen und meine versteckten Spitzen brachten sie immer wieder zum lachen. Manchmal schaltete sie sich auch direkt in den Dialog ein um meine Belege noch etwas mehr zu bekräftigen oder flüsterte mir schelmische Kommentare ins Ohr wenn Fritz mal wieder etwas dummes gesagt hatte. Mit jeder Minute taute sie zusehends auf. Fritz hingegen brauchte etwas länger um zu bemerken was ich tat, brach dann aber, wie es zu erwarten war, aus wie ein Vulkan: „Ich bin keiner von den Kindern mit denen du sonst redest! Ich bin nicht dumm! Ich habe die Bibel gelesen!" Fritz war immer so berechenbar wie eine Matheaufgabe für die zehnte Klasse Hauptschule. Ja... ich hatte meinen Spaß. Und der Rest offensichtlich auch.

Beata leerte Bierflaschen mit meinen Mitbewohnern und Fritz suchte sich sein nächstes Opfer, dass er unter den Tisch debattieren konnte. Da wir fast alle passionierte Raucher waren, stand den ganzen Abend das Fenster offen und ich bemerkte, dass es der Prinzessin neben mir langsam kalt wurde. Also ging ich an meinen Schrank am anderen Ende des Zimmers und nahm eine Wolldecke zur Hand. Ich zeigte sie ihr mit einer anbietenden Geste. Sie nickte, inklusive eines dankbaren Lächelns und einem Blick in den

Augen der sagte: „Süß wie du auf mich aufpasst."

Von da an lief alles wie geschmiert. Sie kuschelte sich unter die Decke und dann an mich. Als sie ihren Kopf auf meine Schulter legte küsste ich ihren Scheitel.
„Das hab ich gesehen!" brüllte Beata, die mittlerweile mit Krawallbrause trinken aufgehört hatte um sich an meinem Notfallwhiskey gütlich zu tun, plötzlich durchs Zimmer und machte so die ganze Bagage auf uns aufmerksam. „Lass dich nicht auf den ein!" sagte sie an Wina gerichtet. „Ältere Männer nutzen uns nur aus. Die wollen nur das eine! Er wird dir das Herz brechen!"
„Wenn dann wird sie wohl eher mir das Herz brechen." lag es mir auf der Zunge. Aber ich sprach es nicht aus. Stattdessen sagte ich: „Höre ich da etwa leichte Frustration aus deiner Stimme?"
„Ey! Erzähl nicht [bla, bla, bla] … [besoffenes Weibergeschwätz] …!"

Ich hatte ihren Vortrag schon verdrängt während sie ihn aufsagte und ging auch nicht weiter auf sie ein. Stattdessen flüsterte ich dem Mädchen in meinem Arm ins Ohr: „Wenn ich den Rest gleich Raus werfe, schläfst du dann bei mir?"

„Aber nur wenn du mir versprichst mich morgen um halb sieben zu wecken. Ich darf nicht wieder die Uni verpassen." sagte sie knuffig lächelnd.

„Mach ich. Und keine sorge, ich halte immer mein Wort." versicherte ich ihr. Und das tat ich für gewöhnlich auch.

Somit war für mich die Zeit gekommen die Versammlung aufzulösen. Allerdings hatte ich meine Rechnung ohne den Wirt gemacht. Oder in diesem Falle: Ohne die Wirtin. Denn Beata wollte partout noch nicht gehen. Ganz im Gegenteil. Sie kramte ihr Handy heraus und versuchte zwanghaft die Party mit schlechter Elektromusik in noch schlechterem You-Tube-Sound am laufen zu halten. Wieso war sie nur

immer so anstrengend und aufmerksamkeitsbedürftig wenn sie trank? Es half alles nichts. Ich musste sie irgendwie hier raus kriegen. Also setzte ich mich zu ihr, nahm ihr das Handy aus der Hand und versuchte ihr in Ruhe zu erklären, dass es jetzt Zeit wäre für sie zu gehen, da ich müde sei.
„Ja, ja! Ich weiß genau warum wir jetzt gehen sollen." bellte sie mich an.
„Und was ist so schlimm daran?" zischte ich zurück. „Und jetzt Abflug!"

Beata war sichtlich beleidigt, verließ jedoch mein Zimmer. Allerdings nicht ohne sich im Flur und auf der Straße noch einmal lauthals über mich aufzuregen. Theo schlichtete mal wieder die Situation und bot den Vertriebenen an noch zusammen in eine Kneipe zu gehen. Nach einigem hin und her waren dann endlich alle verschwunden und ich konnte mich ganz meinem schönen Gast widmen.

Zur Beruhigung rauchten wir noch eine

zusammen und kuschelten uns dann in mein Bett. Und wieder war sie süß, verschmust und anschmiegsam wie sonst was. Ich kombinierte, dass sie sich in der Öffentlichkeit distanzierter gab, weil sie entweder schüchterner war als ich dachte, oder weil sie nicht wollte, dass Irgendjemand von unserem Verhältnis wusste. Aber andererseits, wenn Beata es wusste, wusste es sowieso schon jeder.

„Ich habe heute mit meiner Mutter über dich geredet." erzählte sie mir in meinen Armen liegend. „Sie hat gefragt was ich an dir mag. Und erst musste ich überlegen, aber dann sagte ich ihr, das du ganz viele andere Welten kennst. Genau wie ich."
In dem Moment musste ich sie einfach küssen.

26
Ghostlights

Um halb Sieben klingelte der Wecker. Sanft aber bestimmt weckte ich das kleine, schlafende Wesen, dass halb neben und halb auf mir lag. Dann stand ich auf um uns einen Kaffee zu machen während sie sich anzog.
„Ohne Zucker, richtig?"
„Ehrlich gesagt schmeckte der Kaffee vom letzten mal, mit dem bisschen Zucker, mir besser als sonst."
Ich konnte mir ein Grinsen nicht verkneifen und bereitete die Frühstücksgetränke zu. Bevor sie gehen musste rauchten wir noch eine. Als sie fertig war mit ihrer Zigarette legte sie ihren Kopf in meinen Schoß und ließ sich das Haar streicheln bis auch ich mit dem Rauchen fertig war. Wir küssten uns noch ein paar mal zum Abschied. Dann flitzte sie los um ihre Bahn zu erwischen.

Gegen Mittag traf ich Marcy im Haus.

„Wie war es gestern noch?" wollte sie wissen.

„Holprig aber mit angenehmen Ausgang."

„Ja, das Holprige hab ich auch noch mitbekommen. Meine Güte hat die Frau ein Organ. Aber wusstest du, dass Beata gestern nur mitgekommen ist, weil Wina dir eigentlich absagen wollte. Sie hat sie dann überredet doch noch zu dir zu kommen."

Das traf mich wie ein Tritt ins Zentralmassiv.

„Wirklich?" fragte ich innerlich wankend.

„Ja. Aber mach dir keinen Kopf deswegen. Am Ende ist sie ja bei dir geblieben."

„Aber als zweite Wahl."

„Na und? Das kann viele Gründe haben. Wahrscheinlich hatte sie einfach Angst bekommen. Du vergisst gerne, dass andere Menschen nicht halb so gefestigt sind wie du."

„Wenn du wüsstest." wollte ich sagen. Immerhin hatte ich mich vor dreißig Sekunden selbst aus der Bahn geworfen. Aber im selben Augenblick realisierte ich, dass meine

Mitmenschen ein Straucheln von mir nicht gewöhnt waren und nur all zu oft auf meine Standhaftigkeit als Konstante vertrauten. Also sagte ich nur: „Okay."

Aber im Hinterkopf nagte der Grübeldämon an meinem Cerebellum. Scheißdreck!

27
The Book of Love has Music in it,
in fact that´s where Music comes from

Am selben Abend hatte ich in der Bar einen Auftritt mit meinem Kumpel Donny. Als wir gegen halb Neun ankamen war der Laden bereits gut gefüllt. Auch Wina war schon da und zeigte sich erneut total distanziert, was sogar Marcy auffiel die mit uns auf der Terrasse saß.
„Was ist los mit ihr?" fragte sie mich.
„Marcy, wenn ich das wüsste wäre ich klüger."
„Komisch." sagte sie nachdenklich.

Und als wäre das noch nicht genug gewesen, war auch Beata alles andere als gut auf mich zu sprechen. Immerhin hatte ich am Tag zuvor ihren immensen Stolz verletzt.
„Du Arschloch! Weißt du überhaupt was ich für dich gemacht habe?" fauchte sie mich an als

sie mich sah.

Wusste ich. Mittlerweile. Ich setzte mich zu ihr und benutzte meine beruhigende Stimme:

„Ja ich weiß was du gemacht hast und ich bin dir dankbar. Aber trotzdem gelten in meinem Haus auch meine Regeln."

„Das ist aber kein Grund in so einem Tonfall mit mir zu sprechen wie du es gestern getan hast."

Das sagte genau die Richtige, aber auf Streit mit meiner Lieblingsbarkeeperin konnte ich wirklich verzichten. Also entschuldigte ich mich.

Donny war mittlerweile mit dem Aufbau und seinem ersten Bier fertig und drängte mich mit dem Auftritt zu beginnen, also machte ich mich auf dem Weg zur Bühne. Wir eröffneten das Konzert mit dem Song *Hometown* von der Folk-Band *Chamber*. Ungefähr nach der Hälfte des Liedes kam Wina in die Bar, setzte sich allein an einen Tisch und hörte der Musik zu. Trotz allem war ich noch voller Energie von der

Nacht zuvor und spielte so leidenschaftlich wie schon lang nicht mehr. Ich habe es ihr nie gesagt, aber an diesem Abend spielte ich eigentlich nur für sie.

Das Publikum war gut drauf an diesem Abend und der Alkohol floss in Strömen. Auch bei mir. Nun war es leider so, dass ich, genau wie mein Vater, zur Säuferdepression neigte und mit jedem Drink den ich zu mir nahm dem verdammten Grübeldämon Nahrung zufließen ließ. Und leider war es auch so, dass ich dies viel zu spät bemerkte. Irgendwann habe ich mich nur gefragt wieso die Solostücke, welche ich zum besten gab, immer emotionaler werdende Rockballaden wurden. Ich brauchte frische Luft und überließ Donny die Bühne für einige Minuten. Als ich auf die Terrasse ging um eine zu rauchen und mich zu beruhigen fiel mir auf, dass Wina sich angeregt mit Theo unterhielt. Aber da mein Kumpel dazu neigte mit allem und jedem angeregte Diskussionen zu führen wenn er gesoffen hatte, dachte ich mir nichts dabei.

Nach der kleinen Pause spielte ich die zweite Runde. Mittlerweile hatte ich ein frisches Bier und ein neues Pintchen Jägermeister an meinem Platz stehen, die ich, wider besseren Wissens, umgehend zu mir nahm. *Rocketman; Toscana; Willst du tanzen; Can´t help falling in Love. Time of the Preacher...* meine Stimmung besserte sich nicht. Zeit für eine erneute Pause.
Zunächst folgte ich dem Ruf de Natur. Als ich vom Klo zurück kam traf ich auf Wina. Beata hatte sie ins Lager geschickt um einen Sack frischer Aufbackbrötchen zu holen. Zum Glück bin ich ein guter Schauspieler. Umgehend setzte ich mein schelmischstes Lächeln auf und fragte, ob ich ihr tragen helfen soll.
„Gerne." sagte sie und wir gingen in Runter.
Wir waren keine zwei Sekunden im Keller als wir anfingen uns leidenschaftlich zu küssen.
„Du bist wohl keine Freundin von Zuneigungen in der Öffentlichkeit, oder?" fragte ich.

Sie sagte nichts. Drückte mir nur den Beutel mit den Backlingen in die Hand und signalisierte mir wieder mit ihr nach Oben zu gehen. Wenn ich vorher verwirrt war, war ich jetzt noch verwirrter. Oben angekommen setzte sie sich wieder an ihren Tisch wo sie sich mit Amadeus unterhielt und ich pflanzte meinen Arsch an einen der Außentische um noch ein Lungenbrötchen zu mir zu nehmen. Plötzlich stand Theo hinter mir.

„Alter ich hab scheiße gebaut." lallte er mir reumütig entgegen.

„Was ist den passiert?" wollte ich wissen.

„Ich hab Wina gesagt, dass du schon mit jeder zweiten Frau die heute hier ist was gehabt hast. Ich glaub sie nahm das ganz Locker, aber ich bin mir nicht sicher. Tut mir leid."

In Anbetracht der Tatsache, dass sie mich vor einer Minute noch geküsst hatte, sah ich mich leider auch nicht in der Lage Theos Verhalten irgendwie auf einer Angemessenheit-Skala einzuordnen. Aber selbst wenn es ein Griff in die Scheiße gewesen wäre, hätte ich ihm wahrscheinlich nicht böse sein können. Er war wie ein großes Kind und sprach immer frei von der Leber weg. Das war einer der Gründe wieso ich ihn so mochte. Er war einfach gnadenlos ehrlich.

Als ich mir an der Bar noch ein Pils holen wollte sprach Mary mich an:
„Was ist los mit dir? Du wirkst irgendwie traurig. Bin ich gar nicht von dir gewöhnt."
Ich erklärte ihr, dass ich nur ein Anflug von alkoholbedingter Melancholie hatte und was der Grund dafür war (neben dem Saufen zumindest).
„Tja. Irgendwann trifft es wohl jeden mal. Hast du schon mit ihr drüber gesprochen?" fragte sie mich.
„In meinem Zustand? Meine gesamte Anziehungskraft basiert auf Stärke, Charme und Unabhängigkeit... na ja und sicherlich auch Rockmusik."
„Also," sagte sie, „es kann sein, dass ich dich

grade verwechsle, aber jemand der so aussieht wie du und auch bei uns im Haus wohnt predigt jeden Tag, dass man um jeden Preis dazu stehen soll wer man ist und was man fühlt. Und zwar mehrmals."

Ich stellte die zwar geköpfte aber noch volle Flasche auf den Tresen. Mary, dieser kleine, weise Engel hatte recht. Ich stand doch immer für Mut und Aufrichtigkeit ein und jetzt jammere ich hier herum wie eine alte Kriegerwitwe und das nur, weil ich dazu neigte Situationen über zu analysieren um möglichst alles nach meinem Willen beeinflussen und lenken zu können. Dabei ist Ehrlichkeit der einzige Weg. Gewinnen oder Verlieren. Nichts dazwischen. Klarheit um jeden Preis. Also Arsch von der Wand und Hosen runter.

28
Machsmaulauf

Ich setzte mich zu ihr. Sie sah mich an mit diesen großen, braunen Scheinwerfern die sie Augen nannte. Ich öffnete den Mund und ließ meinen Emotionen freien Lauf:

„Ich bin ein dummes Arschloch! Ich bin ein dummes Arschloch, weil ich mich in meinen eigenen Wahnvorstellungen suhle wie ein Schwein in der Kacke und mir dadurch den ganzen Tag versaue. Ich bin ein dummes Arschloch, weil ich dazu neige Menschen zu beeinflussen und absichtlich zu manipulieren um zu bekommen was ich will oder einfach nur um was zu Lachen zu haben. Und ich bin ein dummes Arschloch, weil ich nicht ehrlich zu dir war. Du bist was Besonderes, dass habe ich sehr schnell gemerkt. Du bist mir so ähnlich im Denken, im Humor, im Handeln und Spirituell. Seit Jahren erschleiche ich mir immer wieder One-Night-Stands mit verschiedenen Frauen für ein kleine Abenteuer zwischendurch, aber du bist kein One-Night-Stand-Material... Ich glaube du bist bedeutend mehr und ich hätte offen zu dir sein sollen."

„Ich weiß." sagte sie. „Theo hat mir davon erzählt. Aber das ist okay für mich. Er sagte mir auch, dass ich unbedingt bei dir schlafen soll und, dass du eigentlich ein wirklich guter Mensch bist und nur nach Außen eine raue Schale hast. Und außerdem bist du Künstler, da kann ich nicht erwarten, dass du normal bist."
„Aber ich will kein Künstler mehr sein. Keine Kunstfigur. Zumindest bei dir will ich nur noch ich selbst sein."

Sie schmiegte sich fest in meine Arme und küsste mich. Oder küsste ich sie? Oder wir uns?
„Weckst du mich morgen früh?" fragte sie voller Rührung in der Stimme.

„Bei mir oder bei dir?"

„Bei dir. Ich muss nur noch schnell nach Hause um einige Sachen einzupacken."

„Ja." sagte ich.

Wir küssten uns noch einmal. Dann lief sie los um ihre sieben Sachen zu packen. Zeitgleich wurde es langsam lichter in der Bar. Ich unterhielt mich noch mit einer jungen Blondine die mich anstacheln wollte noch weiter zu spielen und erntete dafür ein paar missgünstige Blicke von Beata. Die Art von Blicken die wortlos aber deutlich sagen: Wenn du dich nach dieser Aktion an dieses fremde Mädchen ran machst schneide ich dir auf der Stelle den Schwanz samt Eiern ab. Aber ganz Ehrlich, ihr Verdacht war völlig unbegründet, denn in diesem Moment, und eigentlich schon eine ganze Weile davor, hatte ich nur eine Frau in meinem Kopf.

Als Wina einige Minuten später zurück kam machten wir uns mit Theo und Mary auf den

Weg zu mir. Auf dem ganzen Rückweg flachsten wir alle vier miteinander herum. Meine Stimmung hatte sich offensichtlich gebessert.

Bei mir angekommen legte sie sich sofort auf mein Sofa.

„Hat Theo das wirklich alles über mich gesagt?" fragte ich sie. Denn irgendwie klangen die Worte, welche sie rezitierte nicht nach ihm.

„Ich glaube sein genauer Wortlaut war, dass du jemand bist den man gleichzeitig ficken und schlagen möchte. Aber ich wusste was er meinte."

„Ja. Das klingt ganz nach ihm." sagte ich und musste innerlich laut lachen. Es war ein gutes Gefühl Freunde wie ihn hinter mir zu wissen.

29
Bettgeflüster

Wir rauchten noch eine zusammen.
„Weißt du," sagte sie, „es gibt nur drei besondere Menschen die ich in Deutschland kennen gelernt habe. Dich natürlich, Theo und Amadeus. Ich will damit sagen, dass ich froh bin dich kennen zu dürfen."
„Das habe ich noch nie gehört." sagte ich in ironischem Tonfall, obwohl ich eigentlich grade richtig gerührt war. Aber sie schien verstanden zu haben was ich meinte und lachte mit mir. Wir redeten noch ein paar Minuten über die Leute aus der Bar und ihre Eigenarten. Dann löschte ich das Licht und bezog das Sofa mit dem Oberbett.

Das Zimmer lag in fast völliger Dunkelheit und wurde nur noch durch den schwachen Mondschein beleuchtet der zwischen den

Jalousien durchschimmerte. Sie zog sich die Jeans aus und setzte sich auf die Bettkante um ihre Söckchen auszuziehen. Meine Fingerspitzen wanderten über ihren Rücken und bahnten sich streichelnd einen Weg zu ihrem Hals.

„Ich sollte mir glaube ich die Haare hoch stecken, oder?"

Sie konnte es nicht wissen, aber hochgestecktes Haar ist einer meiner geheimen Fetische und allein durch ihre Worte wurde es in meiner Hose sofort zwanzig Zentimeter enger.

„Ja bitte." flüsterte ich. „Aber ich muss dich warnen. Dann gibt es kein halten mehr für mich."

In der Dunkelheit konnte ich ihr Gesicht nicht sehen. Nur ihre Silhouette, wie sie sich mit hoch gestreckten Armen die langen Haare zusammenband. Ich setzte mich hinter sie, zog sie an mich und begann ihren Nacken und ihren Hals zu küssen. Sie legte ihren Kopf zurück und ich ließ uns beide nach hinten fallen. Ich hielt sie noch einen Augenblick fest und küsste sie weiter. Dann ließ ich sie los. Rasch wie ein Eichhörnchen legte sie sich längs ins Bett während ich über ihr kniete und meine Hände über ihren Körper gleiten ließ. Ich ließ meinen Kopf sich senken und küsste ihren Bauch. Sie zog sich ihr Top aus. Gleichzeitig öffnete ich mit einem gekonnten Griff ihren Büstenhalter, so dass dieser gleich mit weg konnte. Oh Gott, sie war so wunderschön. Von den süßen geschlossenen Augen, über die perfekten Brüste, die wie junge Zwillinge von Gazellen waren, die unter den Lilien weiden, bis hin zu den kleinen Zehchen. Gott, ich liebte ihre Titten. Ich probierte ihren ganzen Körper. Fühlte sie mit meinen Lippen und meiner Zunge und wurde immer erregter. Ich wollte unbedingt die Moosrose kosten. Aber ich ließ mir Zeit. Genoss den Geschmack, das Gefühl und den Klang ihres Stöhnens in meinen Ohren. Mit einer Hand stützte ich meinen Körper ab, die andere knetete ihren kleinen, festen Hintern während wir uns wild küssten. Ich spürte wie ein anderer Aspekt von mir das Ruder ergriff. Der älteste Aspekt flüsterte mir ein Geheimnis zu, dass ich schon lange kannte: *Einer Frau das Höschen auszuziehen ist ein sakraler Akt. Es ist das Tor zum Allerheiligsten. Zelebriere es! Immer!* Meine Hand suchte den Weg zwischen ihre Beine, doch grade als ich ihren Slip abstreifen wollte hielt sie plötzlich inne.

„Nein..." wisperte sie leise.

„Was ist los?" fragte ich.

„Ich habe Angst."

„Wovor?"

„Vor Enttäuschung."

Mein erster Impuls war wie immer die Flucht nach Vorne und so sagte ich: „Keine Sorge, Worte der Enttäuschung habe ich danach noch nie von einer Frau gehört."

Sie prustete ein Lachen heraus. Aber ich wusste, dass es nicht diese Art von Enttäuschung war die sie meinte, also stieg ich vom Gas.

„Kennst du das nicht?" fragte sie mich. „Wenn du dich so sehr auf etwas freust und dann ist das Besondere weg? Alles was du dir vorgestellt hast."

Natürlich kannte ich das Prinzip. Träume sterben wenn sie Real werden. Aber das nahm ich bisher immer billigend in Kauf und es war den Preis meistens wert.

„Nein." sagte ich. „Eigentlich habe ich nur vor einer Sache angst."

„Wovor?"

„Einsamkeit."

Sie drückte sich so fest an mich, dass sie fast in mich hinein kroch.

„Wir sind uns wirklich ähnlich." flüsterte sie.

Das waren wir zweifellos. Vielleicht war das der Grund, wieso ich mich um so viel weniger allein fühlte wenn sie bei mir war. Und so lagen wir da um drei Uhr in der früh. Körper an Körper geschmiegt. Uns gegenseitig haltend.

„Was bedeutet eigentlich dein Name?" fragte sie mich nach langem schweigen. Ihre Stimme war ruhig und entspannt.

„Der Erhabene reiche Sternenhimmel."

„Was bedeutet Erhaben?"

„Größer als alles Andere. Unangreifbar."

„Dann muss ich ja noch ganz schön aufholen. Mein Name leitet sich nur von dem einer Meeresgöttin ab."

„Das ist doch eine schöne Analogie. Der Sternenhimmel und das Meer. So weit voneinander entfernt und so groß die Sehnsucht des Himmels einmal ins Wasser zu tauchen. Unter die Oberfläche in der er nur sich selbst spiegelt."

Als ich das gesagt hatte, konnte ich nicht nur spüren, sondern auch hören und sogar riechen wie ihr Herz für einen Schlag aussetzte. Wieder zog sie mich mit all ihrer Kraft an sich. Ich tat es ihr gleich. In dieser Nacht, war sie meine Beth.

30
Wir sprechen über Gott, Gott und den Tod. Wir erzählen uns Märchen, die es zu erzählen lohnt

Knappe drei Stunden später klingelte der Wecker. Sie lag zufrieden schlummernd auf meinem ausgestreckten rechten Arm. Es gibt kaum etwas schöneres, als morgens eine nackte Frau zu spüren. Wie sich ihre warmen Brüste an dich schmiegen, ihre ganze Haut zu dir zu gehören scheint und sie in Paralyse vor Glück leise stöhnt, bevor sie wirklich aufwacht. Das erste Licht des Tages begann langsam das Zimmer zu fluten und mein Blick hing sich wie selbstverständlich an ihrem Gesicht auf. Was haben schlafende Frauen an sich, dass mir bei dem Anblick jedes mal das Herz aufgeht? Die geschlossenen Äuglein, der leicht geöffnete Mund, die absolute Entspannung im Ausdruck. Schlagartig wurde mir klar, dass, wenn ich mich jetzt nicht zusammenreiße, ich es nicht schaffen würde sie aufzuwecken, da ich es nicht über das Herz bringen könnte dieses Bild zu zerstören. Ich musste etwas tun um mich selbst aus diesem hypnotisch, verzauberten Zustand zu befreien. Vielleicht mir den Arm abbeißen?

Kaum kam mir der Gedanke robbte sie sich genussvoll seufzend an mich heran und umschloss mich auch mit ihrem Arm. *„Kacke."* dachte ich bei mir selbst, *„jetzt muss ich ihren Arm auch noch abbeißen."*

Habe ich natürlich nicht. Stattdessen strich ich über ihre Wange und flüsterte ihr zu, dass es Zeit wäre aufzustehen. Trotzig drehte sie sich weg von mir und zog sich die Decke über den Kopf. Ich nutzte die Bewegung um meinen Arm unter ihr hervor zu ziehen. Sie hatte immer noch die Haare hochgesteckt, auch wenn sich mittlerweile einige Strähnen aus ihrer Gummifessel gelöst hatten und sich anarchisch in alle Richtungen bogen. Ich

musste ihren Nacken küssen. Unter der Decke hörte ich, wie meine Morgenlatte mich schreiend ermahnte diesen Moment auf keinen Fall vorüber gehen zu lassen. Aber ich bin ja dafür bekannt mein Wort, koste es was es wolle, zu halten. Also stand ich auf und machte das Licht an. Noch einmal beugte ich mich über sie und versuchte sie zu wecken.
Sie öffnete die Augen.
„Nein, noch nicht." murmelte sie verschlafen.
„Pass auf," sagte ich, „du bist alt genug um zu wissen ob du heute zur Uni gehen solltest oder nicht. Also frag ich dich noch einmal: Willst du aufstehen?"
Sie murmelte noch ein „Nein" heraus und kuschelte sich wieder unter die Bettdecke.
Für mich war der Fall damit gegessen und in Anbetracht der Tatsache, dass einige Stunden Schlaf auch mir noch gut tun würden, machte ich von meinem Recht als Bettbesitzer Gebrauch und legte mich wieder zu ihr.

Gegen Zehn wurden wir wach. Sie streckte

sich an meinem Körper. Ich konnte spüren wie sie jeden Muskel an- und wieder entspannte. Ein morgendliches Gefühl, dass, wenn überhaupt, nur noch von einem Blowjob übertroffen werden konnte.

„Du hast mich ja doch nicht geweckt." maulte sie verschlafen und mit halbherziger Empörung in mein Ohr.

„Was?" erwiderte ich, ihren Tonfall spiegelnd, „Ich hab es versucht und du warst wach. Aber du wolltest weiter schlafen."

„Ich kann nicht immer die Uni verpassen. Ich hab mich doch verpflichtet hinzugehen und jetzt bin ich wieder zu spät."

Sagte sie zumindest. Doch anstatt jetzt aufzustehen und los zu laufen schmiegte sie sich erneut an mich heran und wir begannen uns aus dem Halbschlaf zu küssen. Manchmal fand ich Inkonsequenz toll.

Zwei Stunden lümmelten wir uns im Bett herum. Redeten, tauschten Zärtlichkeiten aus, blödelten herum... Sie fragte mich nach meinem Lieblingsmärchen und ich erzählte ihr die japanische Geschichte von der Kranich-Frau, so wie ich sie einst gehört hatte:

Ein verarmter Bauer traf eines Tages, während eines Spazierganges, auf einen verletzten Kranich. Offensichtlich hatte das Tier einen Flügel gebrochen, also nahm der Bauer es mit in seine bescheidene Hütte und pflegte es gesund.

Einige Tage, nachdem der Kranich sich auskuriert hatte und davon flog, klopfte es an der Tür des Bauern. Als er die Tür öffnete stand eine wunderschöne Frau vor ihm. Der Bauer hatte sich auf den ersten Blick verliebt und auch die Frau schien sehr angetan von dem armen Mann zu sein. So heirateten sie. Leider war der Bauer immer noch ein armer Schlucker, aber wie der Zufall es wollte, war seine neue Frau eine begnadete Schneiderin. Sie stellte nur eine Bedingung an ihren Mann: Beim Schneidern brauchte sie absolute Ruhe und wollte daher einen eigenen Raum nur für die Arbeit, den der Bauer nie betreten durfte.

Er willigte ein. Und so begann sie die wundervollsten Kleider zu weben, die der Bauer dann zu hohen preisen auf dem Markt verkaufen konnte. Die wenigen Kleider, welche die Frau anfertigte brachten genug Geld ein, dass beide ein bescheidenes aber zufriedenes Leben hätten führen können. Aber die Frauen auf dem Markt belagerten den Mann und boten ihm immer mehr Geld, wenn er doch nur mehr als eines dieser kostbaren Gewänder pro Woche verkaufen würde. So malte sich der Bauer aus welchen Luxus er sich leisten könnte, würde seine Frau doch nur mehr Weben. Also stachelte er sie an mehr zu arbeiten. Immer mehr. Und sie tat es, weil sie ihn liebte. Bald Webte sie ein Kleid Täglich und zeigte sich immer ausgemergelter und erschöpfter. Doch der Mann sah es zunächst nicht, war er doch Blind von all dem Geld, dass er auf dem Markt verdiente.

Doch selbst der Goldrausch, genau wie jeder andere Rausch auch, verfliegt irgendwann. Und als der Mann realisierte, wie sehr ihn seine Gier verändert hatte und wie sehr er seine arme, liebe Frau geschunden hatte, wollte er sie um Vergebung bitten. Also betrat er ihr Nähzimmer und erschrak als er sah, dass seine Frau in Wirklichkeit der Kranich war. Und er sah noch mehr: Denn die Kleider, welche sie Webte, waren aus ihren eigenen Federn gefertigt. Jedes mal, realisierte der Bauer schockiert, wenn er seine Frau aufforderte ein Kleid zu Weben zwang er sie ohne sein Wissen ein Stück ihrer selbst zu Opfern. Und sie tat es, selbst als ihr Körper es eigentlich nicht mehr verkraften konnte. Der Bauer begann auf der Stelle so laut und bitterlich zu weinen, dass seine Kranich-Frau auf ihn aufmerksam wurde. Wortlos verließ sie das Zimmer und flog davon. Der Bauer sah sie nie wieder.

Danach erzählte sie mir ihre Lieblingsgeschichte: „Meine Mutter hat sie mir öfter erzählt, als ich klein war.

Ein Mann erweckte einen Traum zum Leben. Zunächst war er Glücklich, dass er nicht mehr allein war. Aber nach einiger Zeit erkannte er, dass es für einen Traum nicht sicher ist lange an einem Ort zu verweilen. Die Menschen im Dorf begannen zu reden: Wer ist das? Wo kommt er her? Also schickte er ihn hinaus in die Welt um eigene Erfahrungen zu sammeln und zu lernen was es heißt, ein Mensch zu sein. Doch da der Traum ein Traum war, wusste er nichts von den Gefahren, welche die Welt bereit hielt. Und als er des Nachts allein durch den nahen Wald lief und ihm kalt wurde, machte er sich ein Feuer. Als Traum konnte er das Feuer nicht spüren und bemerkte auch nicht, wie es langsam außer Kontrolle geriet. Die Flammen griffen um sich und entzündeten zunächst die Umgebung und dann den ganzen Wald. Unkontrollierbar bewegte sich das Feuer auf das Dorf zu und verbrannte Alles und Jeden auf seinem unheilvollen Weg. Als der Mann schließlich bemerkte, dass sein Dorf um ihn verbrannte, wollte er fliehen. Aber er war von den Flammen eingeschlossen. So fasste er sich ein Herz und beschloss durch das Feuer zu laufen um überhaupt eine Chance zu haben zu entkommen. Doch als er durch die meterhohen Flammen lief, taten sie ihm nicht weh. Und so realisierte er, dass er selbst nur ein Traum war."

Ich liebte Traumgeschichten. Die waren oft so viel realistischer als andere.
„Alles was wir sehen oder schauen ist ist nichts anderes als ein Traum in einem Traum." rutschte es mir heraus.
„Von wem ist das?" wollte sie Wissen.
„Poe." sagte ich und fügte schnell hinzu: „Ja, ich weiß, du magst ihn nicht."
Sie lachte und ich erinnerte mich an den Abend an dem wir uns kennen gelernt hatten. Wir hatten eine lange Diskussion über den Untergang der Lyrik, indem Autoren wie Lovecraft, Tolkien und Poe anfingen Geschichten für den Massengeschmack zu schreiben. In ihren Augen war dies die Zeit, in

der der Kapitalismus anfing die Literatur zu unterjochen. Ich sah es etwas anders, aber als wir am folgenden Tag die gleiche Diskussion über Musik hatten verstand ich was sie meinte.

Auch an diesem Morgen gab es faktisch keinen Moment an dem wir und nicht auf irgendeine Art berührten. Natürlich lagen wir nicht die ganze Zeit herum, immerhin mussten wir beide ab und an Raucherpausen einlegen. Aber selbst wenn ich mich setzte um mir eine Anzuzünden legte sie sich in meinen Schoß oder schlängelte sich um mich herum und ließ sich streicheln wie ein Kätzchen. Sie selbst war da etwas pragmatischer veranlagt und blieb einfach auf mir sitzen um zu rauchen.

31

Der Heidelberger Ehrenfriedhof

Wir verabschiedeten uns mit innigen Küssen. Eigentlich wollte ich mich nun daran machen, mein Tagwerk zu beginnen, aber ich konnte mich nicht richtig konzentrieren. Zu frisch war noch das Gefühl ihres nackten Körpers an meinem. So beschloss ich ein wenig spazieren zu gehen um meine Gedanken fliegen zu lassen und den Kopf wieder frei zu kriegen.

Durch den Wald, der hinter meinem Haus lag, schlenderte ich zum Ehrenfriedhof. In den Dreißigern haben die Nazis das Gräberfeld als Gedenkstätte für die Opfer des Ersten Weltkriegs errichtet. Und man kann von den Nazis ja halten was man will, aber wenn es um die Adaption monumentaler, sakraler Architektur ging waren sie Meisterklasse. Ich brauchte ungefähr dreißig Minuten bis ich das

Eingangstor des Totenackers erreicht hatte. In der ganzen Zeit auf meinem Weg resümierte ich die letzte Nacht, doch kaum setzte ich meinen ersten Fuß auf das Gelände, waren alle Gedanken verschwunden. Angeblich war der Ehrenfriedhof in früheren Tagen ein Kultplatz gewesen. So wie er sich anfühlte, glaubte ich es. Welche Götter hier auch immer verehrt wurden, ihr Echo liegt immer noch wie eine Nebeldecke über diesen Ort.

Langsam beschritt ich die lange Passage des Vorhofes, bis ich die Treppe zur *Kathedrale* erreicht hatte. Eigentlich war es keine richtige Kathedrale, sondern eine gigantische Terrasse die links und rechts von Megalithen flankiert war und den Besucher zu einem beeindruckenden Gedenkstein führten, der wie ein Opfertisch am abgerundeten Ende des Ganges lag. Als ich mich auf das Denkmal zubewegte standen die Grabkreuze zu beiden Seiten Spalier wie eine Ehrengarde. Mit einem Satz schwang ich mich auf den Altar, setzte mich nieder und zündete mir eine Zigarre an. Ich überlegte welcher Gott hier damals wohl verehrt wurde und ob es mir gelingen würde Verbindung zu ihm aufzubauen. Irgendwann sollte ich es einmal versuchen, aber nicht an diesem Tag.

Als ich aufgeraucht hatte machte ich mich auf den Rückweg. Die Sonne schien auf mich herab und schenkte einem kalten Herbsttag ein wenig Wärme, und der Wind flüsterte mir dazu ein Lied ins Ohr.

32

Und wenn ich heute sterbe

Und wenn ich heute sterbe, so sterbe ich glücklich
Da ich noch einmal die Liebe sehen durfte
Die Drei die Eine sind waren gut zu mir
In den letzten Stunden
Die mir noch bleiben
Nahmen sie mir das Leiden
Und zeigen
Dass das Leben lebenswert war

Ist nicht alles was wir haben das
Was der Moment uns froh erschafft
In sommerlichen Tagen
Dass wir nicht müssen Fragen
Was und wie
Uns dies Glück verschafft

33
Ausstrahlung ist alles

Da ich mich ganz offensichtlich auf eine ungewisse Zukunft zubewegte, wählte ich eine mir unbekannte Strecke zurück in die Stadt. Mitten im Nirgendwo kam mir eine Gruppe von neun jungen Frauen entgegen, die mich umgehend in ein Gespräch verwickelten.

„Entschuldigung," sagte die offensichtlich älteste von ihnen, auch wenn sie auf keinen Fall älter als dreißig war, „wir sind nicht von hier und haben eine Frage. Was bedeutet *Ala*? Irgendwie sagt das hier jeder laufend."
Ihre Stimme klang... verlockend. Anders konnte ich es nicht beschreiben. Sie hatte eine Sprachmelodie wie ich sie noch nie zuvor gehört hatte und ihr südeuropäischer Akzent gab der Harmonie noch eine spezielle Note hinzu und machte sie fast zur Symphonie.

„Das arabische Wort für Gott." antwortete ich schmunzelnd und wohl wissend, dass sie das nicht meinten.

Eine der Frauen, ich glaube sie hieß Dalia oder so ähnlich, lachte laut los.

„Das meinten wir nicht." sagte eine andere, die vom Aussehen her Dalias Schwester hätte sein können, mit ernster Miene.

„Ist mir schon klar." Gab ich zurück und erklärte dann, dass dieses *Ala* Teil des hiesigen Dialektes sei und so viel bedeute wie *Wiedersehen*.

Ein erleuchtendes „Aaaahhhhh!" erklang wie in einem Chor aus neun Mündern. Doch grade als ich meinen Weg fortsetzen wollte, hielt eine von den Damen meinen Arm fest. Sie trug einen langen Mantel und wirkte sehr seriös.

„Sag mal," fragte sie lächelnd, „bist du Musiker?"

„Bin ich tatsächlich. Wie kommst du darauf?" wollte ich wissen.

„Du siehst so aus. Ich habe eine schwäche für

Musiker, weißt du?."

„Ich auch." fuhr die Älteste der Gruppe dazwischen.

Plötzlich wurde mir klar, dass ich mich in einer Flirt-Falle befand.
„Ladies, Ladies... Mäßigt euch." sagte ich so charmant ich konnte in die Runde und befreite mich sanft aber bestimmend von der gut gebräunten Hand, die immer noch auf meinem Arm ruhte.
„Wir dachten nur," sagte die Süße mit der außergewöhnlich schönen Stimme, „dass du uns vielleicht etwas die Stadt zeigen könntest. Immerhin sind wir Touristen und kennen uns hier nicht aus."
„Du willst doch sicher nicht, dass wir uns im Wald verlaufen und verhungern, oder?" ergänzte ihre Freundin den Satz. Mein Blick fiel unweigerlich auf ihre erschreckend sinnlichen Lippen. An jedem anderen Tag hätte ich sie sofort Küssen wollen. Scheiße, an jedem anderen Tag hätte ich die Situation in der ich

mich befand so was von ausgenutzt. Aber nicht an diesem.

Freundlich beschrieb ich den Damen wie sie am besten in die Innenstadt und auf die alte Schlossruine kommen konnten, welche die wohl bekannteste Sehenswürdigkeit der Stadt darstellte. Dann machte ich mich so schnell wie möglich aus dem Staub, bevor ich noch schwach werden würde. Ich drehte mich noch einmal zu der Gruppe um, und bemerkte, dass die Dame mit den sinnlichen Lippen ihren Finger zu ihrem Mund führte. *„Psssssst"* schien sie zu sagen. Das hier bleibt ein Geheimnis.

34
Auf gute Freunde

In der Nacht wachte ich schweißgebadet auf. Ich konnte mich nicht erinnern geträumt zu haben aber weiterschlafen stellte keine Option mehr dar. Ich setzte mich aufs Bett und versuchte den Knoten in meinem Magen auszuhusten. Eine leise Ahnung von Früher kroch mir schleichend die Wirbelsäule hoch und ich begann zu beten: „Lieber Gott, bitte lass es keinen prophetischen Schub sein."

Ich musste erst einmal wach werden, also stand ich auf, machte alle Lichter an und öffnete die Fenster um frische Luft herein zu lassen. Nachdem ich mich angezogen hatte, schnappte ich mir ein Buch aus meiner Bibliothek und versuchte mich mit Lesen abzulenken.

Als der Morgen herein brach hat aber auch das

nicht mehr geholfen. In meinem Hinterkopf hörte ich einen alten Bekannten lachen: *„Ich war´s ich war´s ich war´s!"* - Fick dich! Wann musste ich zuletzt eine Stimme in meinem Kopf zum schweigen bringen? Musste ich das überhaupt je? Wenn ja, wie habe ich es damals gemacht? Ich erinnere mich nicht!

Der Grübeldämon streckte mir seinen nackten, weißen Arsch entgegen. Einem externen Störenfried hätte ich längst eine Verpasst, aber was soll ich bei internen machen? Ich kann mir ja schlecht selbst aufs Maul hauen. Ablenkung? - Brachte nichts! Drogen? - Zu früh und außerdem könnten sie alles noch schlimmer machen! Therapie? - Zu langwierig! Dann fiel es mir wie Schuppen von den Augen: Es war kein Grübeldämon. Keine Person. Es war einfach nur Angst. Ich hatte völlig vergessen wie sich das anfühlte und musste erst einmal laut lachen. So was banales. Aber wenigstens hatte der Feind jetzt einen Namen und was man gegen Angst macht wusste ich. Zunächst muss man herausfinden woher diese

Angst kam und wenn man das weiß, stellt man sich ihr, packt ihr an den Sack und drückt zu. Carpe Scrotum!

Ich richtete meine Schattengalerie auf Entspannung ein und begab mich umgehend auf die Reise in mein Unterbewusstsein. Zwei Eindrücke drängten sich mir fast unmittelbar auf.

Erstens: Die Zwillingsschwester des Verlangens ist die Verzweiflung. Ihre Reiche liegen nahe beieinander und überlappen sich von Zeit zu Zeit.

Zweitens: Nur wer sich öffnet für den Schmerz lässt auch die Liebe mit hinein.

Wenn man sich für das Eine empfänglich machst, wird man auch empfänglich für den Rest. Es sind zwei Seiten einer Medaille. Es ist nichts weiter als Passion. Leidenschaft ist was Leiden schafft.

Als ich wieder zu mir kam fragte ich mich, wie lange ich eigentlich schon in meinem

Elfenbeinturm saß, dass ich das erste aller Prinzipien vergessen hatte. Oder zumindest so weit theoretisiert habe, dass es mich nicht mehr tangierte. Schritt Eins war getan und ging schneller als ich zuvor erwartet hätte. Ich musste mich nur daran erinnern, was ich vergessen hatte. Schritt Zwei sah eine Konfrontation vor. Da wir es mittlerweile geschafft hatten Kontaktdaten auszutauschen schrieb ich Wina und fragte ob sie später Lust hätte vorbei zu kommen.

Den Mittag verbrachte ich bei einer Nachbarin, die eine helfende Hand für Renovierungsarbeiten brauchte. Als ich am späten Nachmittag zurück kam um auf mein Handy zu sehen hatte ich immer noch keine Reaktion erhalten. Das war wie Öl ins Feuer zu gießen, aber zum Glück meldete sich unverhofft eine Löschdecke namens Christine.

Sie lud mich spontan zu sich nach Hause ein um gemeinsam ein wenig Musik zu machen und ein, zwei Drinks zu uns zu nehmen. Da es nicht so aussah, als hätte ich an diesem Tag noch etwas besseres vor nahm ich die Einladung dankend an. Als ich am frühen Abend bei ihr ankam öffnete mir ihre jüngste Tochter die Tür. Kathy war sechs, ein Wirbelwind von einem Kind und total vernarrt in mich, seit sie vor etwas mehr als einem Jahr herausgefunden hatte, dass ich zaubern konnte.

„Show me a Magic-Trick!" schrie sie mir hell lachend zur Begrüßung ins Gesicht.

„Nein, heute nicht. Heute bin ich hier um mit der Mama zu sprechen." sagte ich in ruhigem Ton und betrat die Wohnung um Christine zu begrüßen, die mir schon ein langgezogenes „Hiiiiii" aus der Küche entgegen rief, als sie die Tür zu fallen hörte. Das war zumindest der Plan. Aber Kathy klammerte sich an mein Bein und sagte, immer noch ausgelassen fröhlich:

„Okay. Then try to push my Arms down."

Mit diesen Worten stellte sie sich direkt vor mir und streckte ihre kleinen Ärmchen zur Seite.

Ich nahm meine Zeigefinger und drückte ihr vorsichtig die Arme nach unten.

„Oh Mist!" maulte sie auf Deutsch. Komischerweise fluchte die Kurze nur auf Deutsch, obwohl sie sonst Englisch sprach. „Now i want to push your Arms down!"

„Nein." sagte ich ruhig. „Ich hab dir doch gesagt dass ich hier bin um mit deiner Mama zu sprechen, oder?"

„Pleaaaaaaaaaaaaaase." mautzte sie mit einem Hundeblick wie ihn nur ein Welpe hinbekommen konnte.

„Ok." sagte ich und ging in die Knie, damit der laufende Meter überhaupt eine Chance hatte meine Arme mit ihren Händen zu erreichen. Ich streckte den rechten Arm aus und Kathy versuchte mit aller Gewalt ihn zu bewegen. Vergeblich. Aber sie fand es lustig und lachte wie eine verrückte drauf los. Dann fing sie an sich wie ein Äffchen an meinen Arm zu klammern und ich tat das Naheliegenste und stand auf.

„I´m flying!" schrie sie so laut lachend, dass

mir die Ohren weh taten. „I´m flying!!!! Ha ha ha! Carry me to the Sofa! Pleaaaaaaseeeee! Ha ha ha!"

Ich musste jetzt auch anfangen zu lachen und trug sie am ausgestreckten Arm ins Wohnzimmer. Natürlich nicht ohne zwei, drei Pirouetten zu drehen bei denen sie völlig aus dem Häuschen geriet. Zu meiner Überraschung stellte ich fest, dass eine mir unbekannte junge Blondine auf dem Sofa saß. Als ich das kleine Nervenbündel das an mir dran hing abgesetzt hatte, stellte sie sich als Kathys ältere Schwester, Erika, vor. Gleicher Vater, andere Mutter. Christine hatte ihr schon von mir erzählt, und da sie gehört hatte, dass ich mich sehr gut mit Religionen auskannte und sie überzeugte Christin war, fingen wir sofort an uns angeregt über das Christentum zu unterhalten. Ich versuchte mich auf ihren englischen Akzent zu konzentrieren, während das sechsjährige Klammeräffchen an mir herum kletterte als wäre ich ein Baum. Trotzdem gelang es mir ein halbwegs sinniges

Gespräch zu führen. Wir verstanden uns auf Anhieb gut und das schien auch Kathy zu bemerken. Jedenfalls stellte sie sich irgendwann zwischen uns, nahm unsere Hände und forderte uns auf uns zu küssen. „Kiss her! Kiss her! Kiss him! Kiss him!" skandierte sie unaufhörlich.

An Erikas Gesicht konnte ich ablesen, dass sie nichts dagegen gehabt hätte, aber ich lehnte ab.

„You don´t like me?" fragte Erika verunsichert.

„No. You are a beautiful girl, but you caught me at a bad time." sagte ich und meinte es ernst. Man konnte mir viel nachsagen, aber ich log nicht wenn es nicht unbedingt sein musste.

„Do you have a Girlfriend?" fragte sie.

„I´m not sure. That´s the Problem." antwortete ich.

„I understand." sagte sie. Und ich sah, dass sie ebenfalls nicht log.

Just in diesem Moment kam Christine ins Wohnzimmer und servierte uns zwei eisgekühlte Biere. Wir Erwachsenen setzten uns auf den Balkon, tranken genüsslich von unserem Gerstensaft und spielten einige Lieder zusammen, während Kathy sich vor den Fernseher setzte und sich einen Zeichentrickfilm ansah. Zwischendurch kam sie noch einmal heraus und wollte, dass ich *Twinkle, twinkle little star* für sie spielte, was ich auch gerne tat. Anschließend brachte Christine sie wieder ins Wohnzimmer wo die Kurze dann irgendwann auf der Couch einschlief.

Nach einigen Stunden hatte auch Erika uns verlassen, da sie die letzte Bahn zu ihrem Hotel erwischen musste. Christine und ich blieben allein zurück. In ihrer unnachahmlichen Sprachmischung aus Deutsch und Englisch fragte sie mich, ob alles mit mir in Ordnung sei, da ich zu Beginn des Abends ziemlich bedrückt klang. Also erzählte ich ihr von meinem Tag und ihre Reaktion riss mich fast aus den Socken.

„Oh you fall in Love!" lachte sie laut. „I can´t believe that grade du bist verliebt."

„Wieso das?" wollte ich wissen.

„Because you are a totaler Womanizer." sagte sie ohne darüber nachzudenken. „Ich dachte immer you are stonecold in your Heart."

„Ja, komm." erwiderte ich, „Das kannst du jetzt so nicht sagen. Gefühllos war ich nie."

„Das nicht, but i never saw this part of you. In this Art du warst immer sehr distant."

„Bisher habe ich auch nie einem Menschen getroffen der so ähnlich tickte wie ich. Ist das so, wenn man normal ist? Das man sich Gedanken macht? Und Sorgen?"

„It is! And du müsstest das eigentlich wissen. Maybe you are not normal otherwise, but ich dachte in this case you are. At least you were früher."

„Ja." sagte ich resümierend, „aber das ist lange, lange her."

Wir unterhielten uns noch einige Stunden. Nicht nur über mich, aber hauptsächlich. Als ich letztendlich ging schlummerte Kathy friedlich auf dem Sofa. *„Show me a Magic-Trick"*, sagte sie zu mir als ich an diesem Abend kam. Am Ende war sie die Magierin die es schaffte meinen Blick auf die Welt mit ihrer kindlich, verspielten Art von einer Sekunde auf die Andere radikal zu ändern.

35
Whiskey on a Sunday

Als ich am Sonntag aufwachte fühlte ich mich ausgeglichen wie ein Zen-Mönch. Es hatte gut getan all die negative Energie einmal auskotzen zu können und die letzten Rückstände danach weg zulachen. Ich war dankbar Freunde zu haben. Ich war dankbar für diese Achterbahn von Leben die mir immer wieder neue Erfahrungen schenkte und mich tagtäglich auf so vielen Ebenen herausforderte. Und was war dieses kleine Scharmützel im Vergleich zu den Kriegen, die ich schon hinter mir hatte?

„Wenn du Scheiße am Schuh hast, hast du Scheiße am Schuh." hörte ich eine Geisterstimme von Früher sagen.

„Aber mit zwei gesunden Händen, kann man die Scheiße jederzeit wegputzen." murmelte ich vor mich hin.

Wie jeden Morgen schaltete ich meinen Computer an um E-Mails zu beantworten. Irgendwann in der Nacht hatte Wina mir geschrieben. Es täte ihr leid nicht geantwortet zu haben, aber sie hätte wohl die vorletzte Nacht durchgemacht und den gesamten gestrigen Tag verschlafen. Das Vorrecht der Jugend. Etwas wehmütig überlegte ich, wann ich es mir das letzte mal geleistet habe einen Tag zu verschenken. Weiter schrieb sie, dass ich sie jederzeit anrufen könne, wenn ich Lust auf sie hätte.

„Werde ich tun, aber nicht heute." dachte ich bei mir. Dieser Tag sollte nur mir gehören. Ich war wieder zurück. Der Kreis im Quadrat. Ein weiteres Kapitel meiner Herosreise war abgeschlossen, mein Kampf gegen mich selbst entschieden. Es war Zeit mich zu zelebrieren. Also versiegelte ich das Schattenkabinett und verbrachte den Tag in Muße.

Als die Nacht herein brach gönnte ich mir ein

Glas guten Scotch. Und als Saint Patricks Blut mir wie Öl die Kehle herunter tropfte dankte ich dem Gott über den Göttern für dieses abgefahrene Stück Scheiße, dass mein Leben war.

36
Talk about Love

Gegen Mittag verabredeten wir uns für den Abend. Ich war grade dabei einige neue Songs einzuüben, als es gegen Sieben-nochwas bei mir an der Tür klopfte. Verschüchtert, fast so als wäre sie das erste mal bei mir gewesen, betrat sie das Zimmer. Sofort setzte sie sich zu mir, küsste mich zaghaft auf die Wange und legte ihren Kopf auf meiner Schulter ab. Ich legte meinen Arm um sie. Doch all das dauerte nur eine Sekunde, dann setzte sie sich wieder aufrecht hin und sah mich an, als wüsste selbst nicht so genau, wie sie sich mir gegenüber verhalten sollte.

„Mir ist aufgefallen, dass du zu Beginn unserer Treffen immer ziemlich distanziert wirkst. Wie kommt´s?" fragte ich grade heraus.

Sie erzählte mir, dass das bei anderen Menschen noch viel schlimmer wäre als bei mir, und dass es für sie quasi jedes mal so ist, als müsste sie jemanden neu kennen lernen. Ich glaubte ich verstand was sie meinte: Ich versuchte Zeit meines Lebens eine Konstante zu sein, aber die meisten Menschen waren unstet wie der Nordwind. Sobald man dass das erste mal realisierte, wirkte es nicht mehr sinnig sich darauf zu verlassen, dass die Umstände von Gestern auch Morgen noch gelten sollten.

„Naja, dann zeugt es ja von meinen Qualitäten wenn ich es jedes mal von neuem schaffe, dass du dich bei mir wohl fühlst." sagte ich grinsend.

Sie grinste zurück und bewegte ihren Körper leicht auf mich zu, stockte dann aber urplötzlich. Trotzdem hatte ich schon gelesen was sie wollte.

„Mach ruhig." sagte ich.

Man konnte sehen, dass sie sich ein Herz fasste. Dann legte sie sich in meinen Schoß und schloss die Augen. Ich streichelte zärtlich über ihr Haar.

Einige Minuten lag sie einfach nur da und genoss meine Berührungen und ich sah ihr dabei zu und genoss den Anblick.

„Weißt du was?" sagte sie schließlich leise.

„Was?"

Sie überlegte kurz. Mir war als könnte ich sehen, dass sie zwar wusste was sie sagen wolle, die passenden Worte aber grade nicht parat hatte. Schließlich sagte sie:

„Wenn ich mit anderen Männern zusammen war, war irgendwie immer ein Teil von mir abwesend. Aber bei dir fühle ich mich ganz da. Verstehst du was ich meine?"

Ich beugte mich vor und gab ihr einen Kuss auf die Stirn, als würde ich sie segnen.

„Bilde dir aber nicht zu viel darauf ein." fügte sie hinzu.

„Ich doch nicht." erwiderte ich. (Aber Fakt war, dass in meiner inneren Kneipe mein Ego bereits im Kettenhemd auf der Theke tanzte.)

„Ich weiß nicht, ob das Liebe ist. Ich glaube nicht an die Liebe, weißt du?"

(In meiner inneren Kneipe rutschte mein Ego auf einer Schnapslache aus.)

„Was fühlst du denn im Moment?" wollte ich wissen. „Versuch es zu beschreiben."

Sie überlegte kurz.

„Ich fühle mich bei dir sehr wohl und geborgen." sagte sie schließlich und ließ ihre Hand über meine Seite wandern.

„Was wäre, wenn du auf dieses Gefühl verzichten müsstest?" fragte ich, ohne zu wissen wieso.

„Das wäre schlimm." antwortete sie. „Bist du eigentlich Eifersüchtig?"

„Manchmal bin ich das, wenn ich einen Grund dafür sehe. Aber eigentlich nicht. Es ist eher so, dass ich von einem bestimmten Zeitpunkt an keine Götter mehr neben mir dulde."

„Ich verstehe was du meinst." seufzte sie. „Ich wäre auch gerne die Einzige. Aber ich glaube ich bin zu wenig Eifersüchtig."

„Wie meinst du das?" fragte ich.

„Angenommen ich würde dich hier mit einer anderen Frau erwischen," erklärte sie, „dann

würde mir das schon einen Stich geben. Aber ich glaube, dass mir das sonst nichts ausmachen würde. Und das ist nicht gut."
„Ich wäre auch traurig, wenn du jemand Anderen hättest." erwiderte ich leise und küsste sie.

Wir redeten noch eine Weile über die Liebe. Wie es zu erwarten war, wenn ein Genie und ein Nachwuchsgenie diskutieren, bewegte sich das Gespräch immer mehr von uns weg und entwickelte sich ziemlich schnell zu einer philosophischen Grundsatzdebatte. Wir redeten über Eros, Philia und Agápe und woben immer wieder eigene Erfahrungen in unsere Argumentationen ein.
„Irgendwie werden die Männer die ich kennen lerne immer besser." warf sie irgendwann ein.
Zwangsläufig dachte ich über frühere Inkarnationen meiner selbst nach an die ich mich noch erinnern konnte. Einerseits war es bei mir genau so. Zumindest bei den ernsthaften Beziehungen die ich in den

Jahrzehnten führte. Die Erfahrungen wurden intensiver in jeder Hinsicht. Aber andererseits wurde es auch von mal zu mal schlimmer. So bedeutete jede dieser Liebschaften auch, dass ich mich selbst auf die Probe stellen musste. Die Frauen in meinem Leben wurden unvergleichbarer, aber auch schwieriger. Jedes mal sah ich mich gezwungen über meinen eigenen Schatten zu springen und Grundsätze zu hinterfragen. Tausend kleine Stationen die mich prägten und hier her geführt hatten.

„Dir ist schon klar, dass dein Argument einen großen Denkfehler inne hat, oder?" sagte ich. „Es impliziert nämlich, dass es jemand besseren als mich geben könnte. Und das ist mehr als unrealistisch."

37
Trinity

Genau so wie an den Abenden zuvor schafften wir es auch an diesem nicht wirklich unsere Finger für einen nennenswerten Zeitraum voneinander zu lassen. Und so landeten wir vergleichsweise schnell in meinem Bett.
Es war wie immer ein wunderschönes Gefühl. Ich glaube, dass der Begriff *innere Ruhe* meine Empfindung am besten beschreiben würde. Nichts zählte mehr, kein Raum und keine Zeit, außer diesem weichen, anschmiegsamen, wunderschönen Geschöpf und ich. Fast so, als wäre ich von dem Rest der Welt losgelöst. Bei ihr konnte ich mich ganz und gar dem Moment hingeben, ohne an meine Verpflichtungen von morgen oder meine Kämpfe von früher zu denken. Die Chemie zwischen uns stimmte einfach und so führten wir uns erneut gegenseitig durch eine Landschaft aus

intelligenten Gesprächen, Lachen und Lust. Sie machte wieder diese Sache mit ihren Wimpern. Oh Allah, wenn mir eines für die Ewigkeit in Erinnerung bleiben wird, dann diese Eigenart von ihr. Was das jedes mal in mir ausgelöst hat, kann ich gar nicht in Worte fassen. Es war wie ein Aspekt, der nur mir gehörte. Etwas das niemand anderes auf der Welt erlebte. Etwas kleines und wertvolles nur zwischen uns beiden. Und es sind immer die kleinen Dinge, die so unscheinbar erscheinen, welche man zuerst zu lieben lernt.

Irgendwann lag sie in meinen Armen und ich spürte, dass sie etwas sagen wollte.
„Bist du eigentlich oft verliebt?" fragte sie schließlich.
Meine Lippen formten sich zu einem breiten Grinsen, denn ehrlich gesagt hatte ich diese Frage bereits erwartet. Erfahrungsgemäß ist sie nämlich Teil einer Trinität von Fragen, welche Frauen stellten, wenn sie mit dem Gedanken an eine feste Beziehung spielten.

Und eine Frage aus dieser Dreieinigkeit hatte ich an diesem Abend bereits gehört: *„Bist du eigentlich Eifersüchtig?"*

„Nein." sagte ich knapp. Und es war wirklich so, dass eine spezielle Form der Verbindung existieren musste, damit ich mich verliebte. Und da ich offensichtlich spezieller bin als ein Großteil der Menschheit kam das bedeutend selten vor.
„Bist du jetzt verliebt?" flüsterte sie.
Ich überlegte kurz. Wäre ich taktisch vorgegangen hätte ich *Nein* sagen müssen. Aber ich hab ihr erst vor wenigen Tagen versprochen in jeder Hinsicht aufrichtig zu sein anstatt künstlich. Also sagte ich: „Ja." (Als wenn das noch ein großes Geheimnis wäre?)
Ihre Reaktion überraschte mich im positiven Sinne, denn kaum hatte ich die Verliebtheitskatze aus dem Sack gelassen drückte sie sich an mich und hielt mich so fest, als wolle sie mich nie wieder los lassen. Das tat sich noch ungewohnt oft in dieser Nacht.

Aber das war okay so, denn mir ging es, offen gesagt, nicht anders in diesen Momenten.

Noch während ich ihre Umklammerung genoss erwartete ich die dritte große Frage und wurde nicht enttäuscht. Denn kaum hatte sie ihren Griff gelöst und sich wieder entspannt in meine Arme gekuschelt fragte sie: „Bist du Treu?"
Ohne es zu wissen, hatte sie damit eines meiner persönlichen Reizthemen getroffen, denn Treue ging mir über alles. Und das bezog sich nicht unbedingt auf die oft synonym gebrauchte Monogamie, sondern auf das Prinzip zu seinem Wort zu stehen. Natürlich war mir Monogamie auch wichtig, denn naturgemäß ziehe ich die meiste Energie aus der körperlichen Hingabe und da teile ich grundsätzlich nicht. Aber wichtiger war mir stets der Verlass als größter Indikator des Vertrauens. *Wenn du jemanden liebst, musst du ihm vertrauen, anders geht´s nicht. Du musst ihm den Schlüssel geben zu allem was*

dir gehört und dich betrifft, alles andere ist Sinnlos.

„Immer! Ohne Kompromisse. Wenn du mich um mein Wort bittest, werde ich es nicht brechen." antwortete ich ihr und meinte es so ernst, wie es nur vorstellbar war. Denn wenn es eines gab auf das ich Stolz sein konnte, trotz all den Fehlern die ich gemacht hatte, dann war es die Tatsache, dass ich nie mein Wort gebrochen hatte.
Und dann fing ich an zu straucheln. Denn eigentlich wollte ich auch sie ebenfalls fragen, wie sie zum Thema Treue steht. Und es lag mir auf der Zunge und wollte raus, aber ich habe mich partout nicht überwinden können die Frage zu formulieren. Ich hatte Angst vor Enttäuschung.

38
Hurt

In diesem Moment wurde mir schmerzhaft bewusst, wie verletzlich ich mich in den letzten Wochen gemacht hatte, indem ich den mir mittlerweile so gewohnten Panzer der kognitiven Kontrolle nach und nach abgelegte und mich immer mehr auf die kleine Prinzessin mit dem Sockenschuss einließ.

Natürlich war mir klar, dass es nichts auf der Welt gab, was ich nicht irgendwie überleben würde wenn die Temporal-Achse nur lang genug ist, aber genau so wie es die kleinen Dinge sind, die man zuerst zu lieben lernt, sind es auch die kleinen Dinge, die alles zerstören können was man sich im Träumen hat erdichtet. Und ist es nicht das, was wir hier versuchen? Einen Traum Realität werden zu lassen? „*Manche Träume gehen verloren, auf dem Weg zur Realität, doch Geschichten leben ewig. Ich hoffe, dass du mich verstehst."* flüsterte die Vergangenheit mit meiner Stimme.

Diese Momente sind zerbrechlich und doch alles was wir haben, denn wenn sie vorbei sind, werden sie Geschichte.

Ich verlor mich im Rausch des Momentes. In der letzten flüchtigen Konstanten die mir noch blieb. Ich kostete ihre Nähe aus als wäre es das letzte mal. Ich erfuhr sie mit all meinen Sinnen, als wäre es das letzte mal. Ich küsste sie, bis ich letztendlich einschlief.

Ich wusste es damals noch nicht bewusst. Aber es sollte wirklich das letzte mal sein, dass ich diesen wundervollen Körper und diese wundervolle Liebe spüren werde.

39
Mangiare

Es war ein sonniger Mittwochmittag, als mein Nachbar Samweis (Ja, wie der Hobbit. So was denkt man sich nicht aus.) an die Tür klopfte und mich fragte, ob ich Lust hätte mit ihm in der Stadt etwas zu Essen. Eigentlich hatte ich etwas anderes geplant, aber da ich vor einigen Tagen beschlossen hatte, das Chaos chaotisch sein zu lassen, ließ ich mich treiben und ging mit ihm.

Bester Laune schlenderten wir Richtung Innenstadt, redeten mit Fremden und erfreuten uns an zotigen Männergesprächen. Samweis war eigentlich nicht der Typ der sich gehen ließ, aber aus irgendeinem Grund ließ er sich an diesem Nachmittag von meiner Attitüde anstecken und verdrängte seine obligatorische Scheu vor der Außenwelt. Am Ende landeten wir in der Universitätsmensa, wo wir uns in den Biergarten saßen um gemeinsam eine Mahlzeit zu uns zu nehmen. An unserem Tisch saßen zwei junge Studentinnen, die wir umgehend in ein nicht all zu ernstes Gespräch verwickelten. Samweis versuchte zu flirten und fuhr, wie ich es von ihm gewohnt war, auf schnellstem Wege gegen die Wand. Dabei ist es nicht so, dass er ein uninteressanter Mensch wäre, er nimmt das Spiel einfach nur zu ernst.

Als wir einige Zeit am Tisch saßen und eigentlich grade mitten in einem Gespräch waren, verlor ich plötzlich die Aufmerksamkeit und erweiterte meinen Fokus auf die gesamte Umgebung. Ich kannte das Gefühl, welches mich ablenkte. Es war das Gefühl, dass ich bei Vorahnungen bekam. Also musterte ich das Terrain und nur einen Augenblick später sah ich wie Wina das Gelände betrat. Ohne uns zu bemerken huschte sie an den Außentischen vorbei und verschwand in der Mensa. Und einmal mehr fragte ich mich, ob man wirklich erst mit dem Arsch im Schützengraben gesessen haben musste, um ein Gefühl, oder zumindest einen aufmerksamen Blick für seine Umgebung zu bekommen. Denn Unaufmerksamkeit war Usus unter Zivilisten, was ich oft zu meinem persönlichen Amüsement ausnutzte. Plötzlich musste ich an meinen guten Freund Timbo denken, der mir einmal erklärte, dass ich in dieser Hinsicht wie ein Geist sei. *„Wenn ich mal nicht weiß wo du bist, drehe ich mich einfach um und kann sicher sein, dass du hinter mir stehst."* Dabei nutzte ich lediglich die Unachtsamkeit meiner Mitmenschen um mich, ganz offen, heranzuschleichen.

So tat ich es auch diesmal. Natürlich erschrak sie im ersten Moment, wie ich es in solch einer Situation gewohnt war, aber dann begrüßte sie mich mit einer Umarmung und einem Kuss auf die Wange. In Anbetracht ihrer anfänglichen Distanziertheit bei unseren vorherigen Treffen wertete ich das als Schritt nach Vorn. Ich lud sie an unseren Tisch ein und sie nahm mein Angebot gerne an.

Als wir gegessen hatten redeten wir noch etwas miteinander. Für den nächsten Tag war eine Halloween-Party in der Bar angesetzt und ich fragte sie, ob ich sie dort auch sehen werde.
„Wahrscheinlich nicht. Ich hasse solche Partys." antwortete sie und fügte direkt eine Gegenfrage hinzu: „Machst du morgen Musik?"
Ich bejahte die Frage und verstand noch bevor sie einen Augenblick später „Dann komme ich wohl nicht." erwidert hatte, dass ihr Hintergrund wohl die Tatsache war, dass sie sich genau wie ich auf Partys langweilte und meine Gesellschaft missen würde, wenn ich den ganzen Abend auf der Bühne stehe. Zurückrudern war allerdings keine Option, also reagierte ich auf meine bewährte Frech-und-Freundlich-Art. Ich senkte meinen Kopf, sah sie mit einem Hundeblick und einem

schelmischen grinsen an und sagte:

„Dann muss ich ja morgen allein schlafen. Kannst du in diese Augen sehen und mir sagen, dass ich morgen einsam im Bett liegen muss?"

Sie grinste verzückt: „Ich überlege es mir nochmal."

Da ich Subtext verstand wie meine Muttersprache wusste ich dass es *Ja* bedeutete. Doch zu gleich wurde mir klar, dass ich mich mit dieser Aktion in der gefährlichen Grauzone zwischen Sehnsucht und Manipulation bewegte. Also beschloss ich noch in diesem Moment ihr zuliebe auf einen ganz-abendlichen Auftritt zu verzichten. Auch wenn es mir schwer fiel.

Als es Zeit für sie war wieder aufzubrechen, küsste sie mich erneut auf die Wange. Ich bewegte meinen Mund auf sie zu und sie neigte sofort ihren Kopf zur Seite und bot mir ihren Hals an. Doch anstatt sie zu Küssen hielt ich inne und fragte: „Bin ich deine Großmutter?"

„Nein, wieso?" antwortete sie mit leichter Verwirrung in ihrer Stimme.

„Dann küss mich gefälligst richtig." sagte ich nur und bedeckte unsere Gesichter leidlich mit meiner Jacke. „Uns sieht auch keiner."

Sie küsste mich ganz süß auf den Mund.

Ein paar Minuten Später machten auch Samweis und ich uns auf die Socken.

„Willst du nach Hause gehen oder noch irgendwas machen?" fragte er als wir vom Unigelände in die Hauptstraße einbogen.

„Nein." antwortete ich geistesabwesend. „Ich glaube ich habe erledigt weswegen ich heute hier sein sollte."

Ich glaubte nicht, dass er mich verstanden hatte.

40
All Hallows´ Eve

Es war Christines Idee an diesem Donnerstag in Halloween hinein zu feiern. Zugleich sollte es auch der letzte Tag sein, an dem die Bar geöffnet hatte, denn die Umsatzeinbußen in den letzten Monaten waren einfach nicht mehr haltbar. Somit trugen wir am Tag der Toten die Bar zu Grabe. Ich wusste nicht ob außer mir noch irgendjemandem die Symbolik bewusst war.

Inspiriert von dieser Allegorie stellte mein Kostüm den sterbenden Sommer dar. Ich trug, bis auf einen weißen Strich auf der Brust, der für den letzten Sonnenstrahl stand, komplett schwarze Kleidung. Meine Haare verbarg ich unter einer Kapuze und mein Gesicht unter einer Narrenmaske. Dazu einen weiten, schwarzen Mantel, der natürlich den *Cappotto della notte* darstellte. Nichts von mir war zu erkennen, außer meinen nackten Händen. Sie standen metaphorisch für die Berührungen und sinnlichen Erfahrungen des Sommers, die für Gewöhnlich noch bis weit in die kalte Jahreszeit nachhallten.

Der Laden war gerappelt voll und ich saß mit einigen Bekannten auf der Terrasse, als ich meine Prinzessin bemerkte, die, unaufmerksam wie für Menschen üblich, an uns vorbei in der Bar stiefelte.

Auftritt: Robin Goodfellow

Ich folgte ihr in die Bar und gesellte mich zu einer Gruppe von Gästen, etwas abseits des Tresens, an welchem Wina mit Beata quatschte. Wenige Augenblicke später wollte sie die Bar wieder verlassen. Als sie an mir vorbei gehen wollte, streckte ich meinen Arm aus der Menge und hielt sie sanft aber bestimmend fest. Sie erschrak und musterte mich. Man konnte sehen, dass sie keine

Ahnung hatte, wer sie da so unverfroren tangierte. Aber dann sah sie auf meine Hände und ihre Skepsis verwandelte sich in ein warmes lächeln. Sie hatte mich erkannt. Wir umarmten uns zärtlich.

„Schön das du gekommen bist." sagte ich, sie immer noch haltend.

„Ich muss aber gleich nochmal weg." erwiderte sie, „Ich bin noch mit einer Freundin verabredet, komme aber später wieder." Auch ihre Hände lagen noch auf meinem Körper.

„Schade, sagte ich. Denn wenn ich ehrlich bin, bin ich heute nur hier, um mit einer Prinzessin zu tanzen. Und du bist doch eine Prinzessin, oder?"

Sie lachte und zuckte ihr Handy: „Warte kurz, ich bin gleich wieder da."

Fünf Minuten später, hatte sie ihre Freundin auf die nächste Woche vertröstet und saß mit mir auf der Terrasse. Die Stimmung war gut. Wir tranken ein Bier, rauchten und redeten über außersinnliche Wahrnehmung und

Channeling. Dabei kamen wir uns langsam näher. Kurz bevor die Spannung bei mir nicht mehr auszuhalten war, setzten sich Theo und Samweis zu uns an den Tisch.

„Darf ich vorstellen? Theo und Samweis, die Momentkiller."

Sie lachte lauthals, während meine Freunde mir ihr übliches Du-bist-ein-Arschloch-aber-wir-mögen-dich-trotzdem-Grinsen zeigten.

Alles lief so weit wie am Schnürchen. Wir redeten, lachten, erzählten uns Geschichten und berührten uns immer mal wieder heimlich, wenn andere Gäste an unserem Tisch saßen und uns in Gespräche verwickelten. Zwischendurch wurde ich immer wieder unter großem Jubel auf die Bühne gerufen, wo ich allerdings jeweils nur ein Lied spielte, und in Gedanken malte ich mir bereits die hitzige Nacht aus die vor mir lag. Mag der Sommer auch für den Rest der Menschen hier enden, für mich würde er es diesmal nicht tun.

Dann schlug die Uhr Mitternacht.

Es war Samhain. Der Totentag. Das traditionelle Ende der warmen Jahreszeit. Und als wäre es ein göttliches Gesetz, dass keine sommerliches Feuer diesen Tag überleben darf, schien die kleine Flamme, die ich einst in meiner Prinzessin hinterließ zu erlöschen. Als hätte jemand einen Schalter umgelegt, wurde sie von Minute zu Minute kühler. Wenn ich sie berührte, versteifte sich ihr Körper und es gelang mir nicht mal mehr einen intensiven Gesprächsrapport aufzubauen.

„Ich glaube ich sollte heute lieber bei mir schlafen."sagte sie schließlich.

Diese Aussage hatte mir schon einen Tritt verpasst, aber ich versuchte locker zu bleiben. Irgendwann sprang sie plötzlich vom Tisch auf und lief ohne etwas zu sagen davon. Das brachte mich dann vollends durcheinander.

„Was ist denn mit ihr los?" fragte Marcy, welche die ganze Szenerie mit beobachtet hatte.

„Ich habe absolut keine Ahnung. Sie wurde

plötzlich so distanziert; wollte nicht mehr bei mir schlafen." antwortete ich hörbar geknickt.
„Das ist schade. Aber versuch sie doch nochmal zu überreden. Also wenn jemand ein *Nein* in ein *Ja* verwandeln kann, dann bist du das." sagte sie. Und ich hätte schwören können, dass für einen Moment ihre Augen golden aufblitzten.

Aber zunächst musste ich selbst erst wieder Boden unter den Füßen kriegen. Also saß ich mich zu den Musikern und jammte eine Runde mit ihnen. Während ich die Saiten prügelte zog es meinen Blick durch die Fensterfront in die Bar. Eingeknickt und melancholisch drein blickend, saß Wina ganz allein auf einer der Bänke, während um sie herum die Gäste tanzten, die kein Faible für Livemusik hatten.

Nach drei Liedern fasste ich mir ein Herz, ging in die Bar und trat auf sie zu.
„Ich bin heute gekommen um mit einer Prinzessin zu tanzen," sagte ich, „und ich

werde nicht gehen ohne das getan zu haben." Ich reichte ihr meine Hand. Sie schenkte mir ihr schönstes Lächeln und wir gingen auf die Tanzfläche.

41
Lass uns noch einmal Tanzen

Lass uns noch einmal Tanzen
Und wenn es das letzte mal ist
Sag es mir nicht

Lass mir noch den Traum für eine Nacht
Lass den Morgen morgen sein
Und gehöre heute mir
Lass mir zumindest noch die Hoffnung
für einen ruhigen Schlaf
und ich gebe dir
auch den Rest
den ich noch hab.

42

A Moment of Forever

Ich hielt ihre kleinen, zarten Hände.
Bewegte meinen Körper im Takt der Musik.
Zeitlos.

Sie hatte Rhythmusgefühl.
Schwankte aber leicht bei Ausfallschritten.
Sie sah mir in die Augen.

Ich wollte sie Küssen.
Mehr als alles andere.
Ich bewegte mich im Takt der Musik.

Sie wirkte deplatziert.
Als gehöre sie nicht auf eine Tanzfläche.
Sie war so wunderschön.

Ich ließ meine Hand über ihre Hüfte Wandern.
Ich zog sie an mich.

Ich bewegte meine Lippen auf ihre zu.

Sie drehte sich zur Seite.
Schüttelte den Kopf.
Sie sah mir in die Augen. (Ihr Blick tat mir weh.)

Ich schmiegte mich von hinten an sie heran.
Ich berührte ihren Bauch.
Ich brüllte um mein Revier zu markieren.

Sie rieb ihren Po an mir. Mein Schwanz wurde hart.
Legte ihren Kopf nach Hinten auf meine Schulter.
Sie schloss die Augen.

Ich küsste ihren Hals.
Zärtlich und lang.
Ich wollte nicht, dass dieser Moment jemals endet.

43
La Commdeia è finita

Als die Musik stoppte drehte ich sie zu mir und sah sie direkt an.
„Bist du wirklich sicher, dass du nicht bei mir sein willst?" fragte ich.
Sie atmete Tief.
„Ja..."

Ich fragte sie, ob sie noch eine mit mir rauchen wolle. Sie nickte und folgte mir auf die Terrasse. Wir setzten uns an einen leeren Tisch. Meine Knie waren so weich. Wenn sie jemals so weich waren, kann ich mich nicht erinnern wann es war. Ich versuchte es zu kaschieren indem ich Blödsinn machte, mit verschiedenen Dialekten redete, was sie auch sehr amüsierte. Sie lachte bei jeder Pointe und es war nicht gespielt. Aber sobald ich schwieg, schwieg auch mein schönes Publikum und sah mich wieder mit bedrückten Augen an.

Mir brannte eine Frage auf den Lippen. Eine Frage die raus musste:

„Was ist los mit dir?"

„Manchmal bin ich eben so. Es sind keine Gefühle die mich leiten. Eher Ästhetik. Ich habe dir gesagt, dass ich ein unemotionaler Mensch bin." sagte sie und wirkte dabei so traurig, dass es mir das Herz brach.

Kein emotionaler Mensch. Und das aus dem Mund einer Frau, die romantische Märchen schrieb, in der Lyrik aufging und keine zwei Sekunden ohne Berührung sein konnte wenn wir zusammen waren.

Wir umarmten uns fest und lang zum Abschied. Sie küsste meine Wangen und ich ihre. Ich fragte, ob ich sie richtig küssen darf. Nur einmal und wenn es sein muss auch irgendwo wo uns keiner sieht.

„Nein..."

Abgang: Robin Goodfellow

Ich verließ die Bar und dachte an all die kleinen und großen Dramen, die sich hier abgespielt hatten, seit ich den Laden das erste mal betrat. Das für mich größte wird nie Teil der Geschichte dieses Ortes werden.

Aus dem Augenwinkel sah ich Fritz, der stockbesoffen versuchte Wina anzubaggern. Normalerweise neigte ich seit Lebzeiten nicht mehr zur Eifersucht und wahrscheinlich war ich einfach nur wütend, aber in diesem Moment wünschte ich diesem Philister Hodenkrebs.

44
Lion in Winter

In dieser Nacht stand ich allein in auf einer weiten Lichtung und brüllte die untergehende Sonne auf dem Rosenberg an. Die Bäume tanzten wie Krüppel im Wind, der mir wie ein Orkan entgegen blies und der Boden säumte sich mit abgestorbenem Laub aus gefrorenem Gold. Der Harlekin Arlecchino lag tot zu meinen Füßen. Zwei riesige Kolkraben pickten seine Augen aus.

„Was er gesehen hat ist nun Geschichte, Erinnerung und Gedanke." Sprach eine Stimme hinter mir.
Der Narr trat gemächlich und hinkend auf mich zu. Sein buntes Beinkleid hatte er gegen Bocksbeine getauscht und sein Gesicht war von einer weißen, grinsenden Totenmaske bedeckt. Er legte mir seine linke Hand auf die

Schulter und präsentierte mir mit der Rechten ein fast leeres Stundenglas.

„Es ist Zeit." sagte er ruhig aber ernst.

„Fick Dich!" schrie ich ihn an, riss ihm die Sanduhr aus der Hand und schmetterte sie in die Weite der Nacht. Laut klirrend zersprang das Glas worauf der Himmel umgehen mit lautem Donner antwortete.

„Wehr dich nicht dagegen." sagte er beschwichtigend. „Unsere Zeit ist vorbei. Der Sommer ist um und der Winter nah. Sie mich doch an!" Er deutete an sich herab. „Ich verwandele mich schon. Morgen um die Zeit bin ich so tot wie das Licht."

Als ich ihn ansah bemerkte ich, dass er mein Spiegelbild war.

Die Worte flossen mir wie Wasser aus dem Mund und klangen logischer als alles was ich je gehört hatte. Ich verstand es nun. „Wir sind Sommerkinder. Unsere Jahreszeit ist die des Lebens und sie endet nun. Unbeschwertheit wird ausgeglichen durch Überlebenskampf, da sich in der Natur alles ausgleichen muss. Ohne Licht können wir nicht mehr sehen. Ohne Licht können wir nicht mehr gesehen werden. Ohne Licht verhungern wir. Der Überfluss des Sommers definiert sich durch die Dürre des Winters. Die Klugen legen Vorräte an..."

„...und die Narren müssen stehlen." beendete mein Spiegelbild den Satz. „Wir alle sind Prinzipien und können nicht sterben. Nicht wirklich zumindest. Aber wir sind, wie alles Andere auch, gewissen Regeln unterworfen. Wir gehen und kommen zurück aber zugleich bleiben wir auch. Wir sind jeder Stern am Himmel und unser Licht scheint ewig nach. Wir sind jeder Urknall und jede Supernova. Wir sind der Katalysator allen Seins."

45
Nun liegt Gott im Bett und weint

Wieso neigen Träume dazu nie zu werden was sie zu Anfang scheinen? Und können zwei Herzen überhaupt eins werden? Oder ist es nur der Takt den sie sich manchmal teilen?

Am nächsten Morgen erwachte ich allein in einem Bett, dass ich am Abend zuvor noch voller Zuversicht für Zwei hergerichtet hatte. Ich fühlte mich wie ausgekotzt und so einsam, als hätten mich selbst die Götter verlassen. Es war schlimmer als die Grippe. Sogar schlimmer als Magenkrämpfe mit Brechdurchfall.
Liebe macht süchtig, betrunken und blind, sagte ein großer deutscher Liedermacher. Neurologen sagen, dass wenn man verliebt ist die gleichen Teile des Gehirns aktiv sind wie bei dem Konsum von Heroin. Auch der Entzug

ist erschreckend vergleichbar. Und so wusste ich, was als nächstes auf mich zu kommen sollte. Man wird nicht so alt wie ich, ohne eine Ahnung dafür zu bekommen was in einer solchen Situation passieren wird. Eine elend lange Reise über fünf Stationen, die mir mehr rauben würde als nur Zeit, lag vor mir. Fünf Stationen die jedes denkende und fühlende Wesen durchlaufen muss. Und selbst ich machte da keine Ausnahme. Vielleicht war ich zum Finden berufen, aber genau so war ich zum Suchen verdammt.

Nirwana, Tabula Rasa war das Ziel, denn nur wo nichts ist kann alles werden. Aber der Weg dorthin schien so unendlich qualvoll und weit. Sollte ich mir Tage, Wochen, vielleicht Jahre voller Elend antun? Ich konnte es mir definitiv nicht erlauben mich hängen zu lassen. Ich war immer noch ein Leitwolf, auch wenn ich nie leiten wollte. Alles was ich noch tun konnte, war die vierte Dimension außer Kraft zu setzen. Das Leben ist nun mal kein

Wunschkonzert. Nichteinmal für Musiker.

45.1
Verleugnung

Ich ritzte meinen Namen in das Wachs einer Kerze und besprenkelte sie mit meinem Blut, so, dass sie eine Entsprechung für mich selbst wurde. Das war meine Notfallreißleine, denn das, was ich vor hatte, war mehr als gefährlich.

Danach reinigte ich das Zimmer mit Wasser, Seife, frischer Luft, Musik und Rauch. Ich dachte keine Sekunde an die letzte Nacht, sondern konzentrierte mich voll und ganz auf die Aufgabe die vor mir lag. Dieser Tag war nichts außergewöhnliches. Gestern und Morgen bedeuteten nichts. Nur das Ritual zählte. Nur der Moment.

Als das Sanctus Sanctorum hergerichtet war reinigte ich mich selbst. Zunächst von außen.

45.2
Zorn

Die innere Reinigung folgte auf dem Fuße.

Ich war von Zorn ergriffen. Zorn auf Sie, Mich, Fritz und Gott. Aber ich wusste auch, dass meine Wut ungerechtfertigt und schädlich für mich war. Trotzdem wucherte sie in mir wie Krebs. Ich musste den Zorn los werden, und der geradeste Weg dazu, war immer noch die Wut an jemand anderen auszulassen. Zum Glück hatte ich vor langer Zeit gelernt, dass es trotz aller Unstetigkeiten immer eine Sache gab auf die man sich verlassen konnte. Und das war die Tatsache, dass es immer jemanden gab, der es verdient hatte als Opfer herzuhalten.

Also begab ich mich auf die Kneipenmeile der Stadt und musste auch nicht lange suchen, bis ich ein geeignetes Ziel gefunden hatte. In diesem falle handelte es sich um vier betrunkene Studenten die pöbelnd durch die Innenstadt zogen. Ich brachte mich in ihr Sichtfeld, und natürlich quatschen sie mich blöde von der Seite an.

Ein weiterer Vorteil des offenen Kampfes war das Faktum, dass sich der Körper dabei völlig verausgabte. Und so schleppte ich mich unverletzt aber schlapp wie nach einem Marathonlauf wieder nach Hause. Es war Zeit für die nächste Phase.

45.3
Verhandlung

Vielleicht nicht der beste, aber definitiv der schnellste Weg um Transzendenz zu erreichen und mit den Göttern zu sprechen sind bewusstseinsverändernde Substanzen. Ein befreundeter Schamane gab mir einmal ... für Notfälle. Ich wusste, dass dieses Mittel meinem Körper großen Schaden zufügen würde, aber für das was ich vor hatte, war es genau das Richtige. Mein Körper war schon in Mitleidenschaft gezogen worden, aber diese Droge sollte mir den Rest geben.

Und so berauschte ich mich und begann zu beten. Zu irgendeinem Gott, der grade die Zeit hatte mir zuzuhören. Doch an diesem Tag waren nur die Psychopompoi mächtig.

Also schloss ich mit einem von ihnen einen unheiligen Pakt.

45.4
Verzweiflung

Das letzte und zugleich schwierigste Stück meiner Reise lag vor mir. Ich zündete die Kerze an und legte mir einen Spiegel zurecht.
Ich starrte mir selbst in die Augen und öffnete mein Herz und meine Psyche für Deapair.

Ich zerschmetterte den Spiegel und betrat durch die Scherben ihr Reich. Die ganze Geschichte fuhr noch einmal wie ein Film an meinem inneren Auge vorbei und heiße Tränen flossen mir über das Gesicht. Immer mehr steigerte ich mich in das Gefühl der Angst, des Leidens und der Qual bis ich schließlich drohte, mich in der Verzweiflung zu verlieren.

Mit letzter Kraft ergriff ich die Kerze und blies die Flamme aus.

45.5
Akzeptanz

Augenblicklich verließ ich meinen Körper und fand mich im Ether des Chaos wieder. Fern ab der Raumzeit, fern ab allen Seins. Alles ist real. Alles ist jetzt. Ich werde geboren. Ich wachse und ich sterbe zur gleichen Zeit. Mit zittriger Hand ergriff ich eine Klinge aus reinem Licht, setzte sie an mein blutendes Herz und stach zu.

Ich starb...

...und als ich durch das Feuer ging und nicht verbrannte, wurde mir klar, dass ich auch nur ein Traum war.

46
Notturni

Wie ist das Wort für den Moment wenn man feststellt, dass man nicht mehr weiß, wie das war als man jemanden geliebt hat, der dir vor langer Zeit das Herz brach?

- Gnade!

„She takes just like a woman.
She makes love just like a woman.
And then she aches just like a woman.
But she breaks just like a little girl."

„Worte vergehen,
sobald wir sie sprachen.
Das Leben ist kurz,
was wir auch machen.
Ein Traum,
aus dem wir schon bald erwachen.
Man kann Dinge nicht flicken,
die nie zerbrachen."
(- Shrdlu Silberhuf)

Musikalische Anspielungen

KAPITEL	TITEL	BAND / INTERPRET
Titel	Vom ersten Blick zum letzten Kuss	Matt Gonzo Röhr
1	Onkelz 2000	Böhse Onkelz
7	Ihr hättet es wissen müssen	Böhse Onkelz
11 & 45	Gedanken können lernen	Der W
13	Mr. Sandman	The Cordettes
13	Buch der Erinnerung	Böhse Onkelz
13	Forever is a long Time	Avantasia
15	The myterious vanishing of a foremar family	ASP
15	The Joker	Steve Miller Band
15	Knocking on heavens door	Bob Dylan
15	Hotel California	The Eagels

16	Leg dich nie mit dem Geschichtenerzähler an	Sebastian Richtarsky
17	Die Iden des März	Sebastian Richtarsky
18	The One	Virgin Steele
19	Out of the frying pan	Meat Loaf
19	Lullaby	Loreena McKennitt
20	She moved through the fair	Loreena McKennitt
20	Und wir Tanzten	ASP
23	Princes of the Universe	Queen
27	The Book of Love	Peter Gabriel
27	Hometown	Chamber
27	Rocketman	Elton John
27	Toscana	Chamber
27	Willst du Tanzen	Westernhagen
27	Can´t Help fallin in Love	Elvis Presley
27	Time of the Preacher	Willie Nelson
28	Machsmaulauf	Der W
29	Beth	Kiss

30	Geschichtenhasser	Der W
34	Auf gute Freunde	Böhse Onkelz
34	Twinkle, twinkle little Star	Traditional
35	Whiskey on a Sunday	Traditional
38	Hurt	Nine Inch Nails
38	Lillys second Song	Sebastian Richtarsky
42	A Moment of Forever	Kris Kristofferson
44	Lion in Winter	Virgin Steele
45	Vergissmeindoch	Der W
45	Eine unerzählte Geschichte Part 1	Sebastian Richtarsky
45	Bin ich nur glücklich wenn es schmerzt	Böhse Onkelz
45	Ich bin noch am Leben	Tom Angelripper
46	Just like a Woman	Bob Dylan

Über den Autor

Salomon Pan ist ein deutsch-jüdisch-französisch-polnischer Autor, Magier, Satiriker, Verhaltensforscher, Religionswissenschaftler, Musiker und Mystiker.

Als Sohn eines armen Elternhauses verbrachte er einen Großteil seiner Jugend als Trickbetrüger auf den Straßen von Paris, bevor er nach seiner Armeezeit so etwas wie ein Gewissen entwickelte und in Deutschland Psychologie sowie Religionswissenschaft studierte. Dort spezialisierte er sich auf die Bereiche Verhaltensforschung und Okkultismus.

Seit dem reist Pan um die Welt, arbeitete in den verschiedensten Berufen und veröffentlichte unter diversen Pseudonymen immer wieder Schriften über seine Erfahrungen.

Salomon Pan´s
FICKEN gegen RASSISMUS

Bevor ich Sie, verehrte Leserinnen und Leser nun wieder in die viel zu unrealistische Welt Ihres Alltags entlasse, möchte ich noch einmal auf meinen unregelmäßig erscheinenden, teils autobiografischen, Audioblog namens „Ficken gegen Rassismus" aufmerksam machen.

Sollten Sie sich entscheiden mir über YouTube oder Facebook zu folgen, würde ich mich sehr freuen.

Suchen Sie einfach im Internet mit Hilfe der Suchmaschine Ihres Vertrauens nach:
FICKEN GEGEN RASSISMUS

Danke fürs lesen und bis bald!

- Salomon Pan